दिल्ली के शातिर लुटेरे

निडर कमली की दास्ताँ

राजिंदर कुमार सूर्यवंशी

ISBN 979-888569054-6

दिल्ली के शातिर लुटेरे

लेखक: राजिंदर कुमार सूर्यवंशी

दो नाबालिग लड़के केवल और सोनू स्कूटी पर सवार हो कर दिल्ली के हाइवे पर जा रहे थे। उसी हाइवे पर ऐ एस आई संजीव की ड्यूटी थी। उन दोनों को दूर से ही आता देख कर संजीव बीच सड़क पर चल पड़ा और उन्हें हाथ दिखा कर रुकने का इशारा किया और स्कूटी जो साइड पर लगाने के लिए कहा

संजीव: बेटा, ज़रा लाइसेन्स दिखाओ।

केवल: जी वो तो घर पर रह गया।

संजीव: तेरी उम्र कितनी है?

सोनू: जी 19 साल।

संजीव: अच्छा, एक काम करो स्कूटी से उतर कर एक साइड में आ जाओ। तेरे पास लाइसेन्स है?

सोनू: जी नहीं।

संजीव: तो आप दोनों जी टी रोड के हाइवे पर क्या करने निकले हो? तुम रहते कहाँ हो, घर का कोई नंबर तो होगा?

सोनू: वो अंकल जी, हम तो मुरथल पराँठे खाने जा रहे थे, आप प्लीज हमको छोड़ दो ना।

तभी वहाँ ऐ सी पी जोगिंदर सिंह की जीप आ कर रुकी।

संजीव: जय हिन्द साहब जी।

ऐ सी पी जोगिंदर सिंह: हाँ संजीव इन बालकों को क्यों रोक रखा है? क्या किया है इन्होंने?

संजीव: साहब, ना तो इनके पास लाइसेन्स है और ना ही गाड़ी के कागज़। ये कह रहे हैं कि ये तो मुरथल में पराँठे खाने जा रहे थे।

ऐ सी पी जोगिंदर सिंह: ठीक है, ये दोनों नाबालिग लग रहे हैं। इनकी तलाशी ले कर इनको जाने दे।

संजीव: जी जनाब। चलो रे हाथ ऊपर करो, और कमीज में के छुपा रखाया है? ओ तेरी की, जनाब, 3 – 3 सोने के चैन है। लगता है, चैन छीन कर भागे हैं, यो दोनों।

ऐ सी पी जोगिंदर सिंह: ठीक है, बिठा दे इन दोनों को जीप में। हवलदार इनकी स्कूटी ले कर आज थाने। संजीव, आप भी चलो।

थाने जा कर उन दोनों से अच्छी तरह से पूछताछ की गई। फिर रात को लगभग 9 बजे के करीब दोनों ने सब कबूल कर लिया। उन्होंने बताया कि इन सबके पीछे किसका हाथ है?

संजीव: शाबाश लड़कों, लो रोटी खा लो।

फिर रोटी खिलाने के बाद रात को करीब 11 बजे, संजीव और अन्य पुलिस वाले उन दोनों को लेकर रेड डालने निकल पड़े। उन्होंने टीटू, पप्पू, इनामदार और राजू को सोते में ही उठा लिया। उन चारों को रोहिणी के थाने में ला कर पूरी रात पूछताछ की और सुबह होने से पहले सबकी स्टेटमेंट रिकार्ड कर ली गई। जब सुबह हुई तो ऐ सी पी जोगिंदर सिंह के पास कालू का फोन आया, जो कि उस सरगना का

उस्ताद था।

कालू: साहब जी

ऐ सी पी: हैलो, कौन, मैं जोगिंदर सिंह बोल रहा हूँ।

कालू: जनाब मैं कालू बोल रहा हूँ।

ऐ सी पी: हाँ कालू बोलो, क्या बात है?

कालू: वो साहब जी, कल रात आपके स्टाफ के लोग अपने बच्चों को उठा कर ले आए हैं। उनको घर भिजवा दो, कहो तो शालीमार से फोन करवा दूँ?

ऐ सी पी: कालू, ये बता, अगर मैं तेरे बालकों को ना छोड़ूँ तो के कर लेगा और वो तेरा शालीमार के कर लेगा?

कालू: बात इतनी सी है कि 10 बजे हमारा वकील वहाँ पहुँच जाएगा, उन बच्चों की जमानत भी करवा लेगा। आप तो जानते हो, नाबालिग बच्चे हैं, जज भी उनको माफ कर देगा। आपका इसमें कोई फाइदा नहीं होगा और कहीं बच्चों ने जज के सामने ये ब्यान दे दिया कि इसका लूट का आधा हिस्सा बीट ऑफिसर को जाता है, तो सोच लो, बात आपके ऊपर भी आ सकती है। इसके साथ साथ बात नेता मुल्तानी जी पर भी आ सकती है। चलिए जय हिन्द साहब।

ऐ सी पी: हवलदार, संजीव को बुलाओ।

हवलदार: जी जनाब।

थोड़ी देर के बाद

संजीव: जय हिन्द साहब, पंचनामा तैयार है। आप देख सकते हैं, जनाब।

ऐ सी पी: एक काम करो, इन सब से माफीनामे पर साइन लेकर, इन सब को छोड़ दो।

संजीव: जी जनाब, आप कहेंगे, तो हम छोड़ देंगे। मगर ऐसे ही चलता रहा तो राज़धानी दिल्ली का क्या होगा? साहब जी, हम दबाव में आ कर काम नहीं कर सकते।

ऐ सी पी: संजीव, ताली दोनों हाथों से बजती है। हमारे ऊपर भी अफसर हैं और इनके ऊपर नेता हैं। अगर हम ज़्यादा ही हरिश्चंद्र बनकर काम करेंगे, तो पता चलेगा, कि सुबह तक साहब का तबादला हो गया और वो भी किसी जंगल में।

संजीव: समझ गया जनाब, मैं अभी उनको छोड़ देता हूँ।

थाने से निकलते ही सबसे पहले उन दोनों ने अंडे की रेडी पर जाकर नाश्ता किया और वहाँ से अपने काम में दुबारा लग गए।

वहाँ निजामुद्दीन रेल्वे स्टेशन के प्लेटफॉर्म से कमली जैसे ही बाहर निकली तो टैक्सी और ऑटो वालों ने उसे घेर लिया। कमली झारखंड की ट्रेन से दिल्ली आई थी। वो 22 साल की बहुत ही खुबसूरत लड़की थी।

ऑटो टैक्सी वाला: मैडम। ऑटो, टैक्सी, कहाँ जाना है? बोलिए मैडम।

उन सब को अपने चारों ओर देखर कर कमली थोड़ी सहम सी गई। वो सोचने लगी कि रात के 11 बज चुके हैं और उसे कोई दिल्ली में पहचानता भी नहीं है। वो सोचने लगी कि अब क्या किया जाए, वो तो

इस शहर से वाकिब भी नहीं है। वो तो दिल्ली नौकरी की तलाश में आई है। उसे कुछ समझ नहीं आ रहा था, मगर तभी उसने अपने इरादों को मजबूत किया और इधर उधर देखने लगी। उसे एक ऑटो वाला लड़का थोड़ा शरीफ सा लगा तो उसने उसे कहा

कमली: ऐ भैया, ऑटो वाले।

ऑटो वाला: जी मैडम, बोलिए कहाँ जाना है?

ऐसा होता देख कर बाकि के ऑटो वाले उसे छेड़ने लगे।

ऑटो वाले: जा बबल जा, बेटा, आज तो तेरी किस्मत चमक गई।

उनका ये व्यंग सुनकर कमली ने सब को घूर कर देखा तो सब इधर उधर हो गए।

कमली: ओ भैया, कहाँ खो गए?

बबल: जी कहीं नहीं, ये सब तो अपने भाई बंधु हैं, ये तो यूँ ही मज़ाक करते रहते हैं। आप बताइए, कहाँ चलना है?

बबल की इस बात को सुनकर कमली एक बात समझ गई कि लड़का सीधा है और इसका नाम बबल है, उसने उसके ऑटो का नंबर भी याद कर लिया। डी अल – 9982 । तभी कमली ने कहा

कमली: भैया, यहाँ आस पास कोई होटल है? मुझे बहुत ज़ोर से भूख लगी है।

बबल: हाँ है ना। आप बताइए, नॉन वेज यां वेज? कैसा खाना पसंद करेंगी आप?

कमली: यार तू एक काम कर नॉन वेज वाले होटल में चल।

बबल सोचने लगा कि ये तो यार कर के बात कर रही है, लगता है चालू माल है।

बबल: मैडम जी, यहीं पास में कोटला मुबारकपुर है, वहाँ रात भर होटल खुले रहते हैं, नहीं तो फिर नई दिल्ली स्टेशन के नजदीक पहाड़ गंज है, वहाँ भी होटल हैं।

कमली: हाँ, पहाड़ गंज में एक दिव्या होटल है। आप वहीं ले चलो, बोलो कितना लोगे?

बबल: मैडम, जो वाजिब लगे दे दीजिए। वैसे नाइट चार्ज लगेगा।

कमली: टोटल कितना लोगे।

बबल: जी 300 रुपए लगेंगे।

कमली: देखो, यां तो मीटर से चलो, नहीं तो मैं सिर्फ 200 ही दूँगी।

बबल: चलिए ठीक है।

रास्ते में

बबल: मैडम, अगर आपको आगे भी ऑटो की जरूरत लगे, तो बोल दीजिए। ये मेरा कार्ड है। इसमें मेरा नंबर भी लिखा हुआ है। आप जब फोन करेंगी, मैं आपके होटल के बाहर आ जाऊँगा। लीजिए, ये आ गया आपका होटल।

कमली: थैंक्स बबल, आप बहुत अच्छे इंसान हैं।

होटल में

कमली: मैनेजर, साहब, एक रूम मिलेगा क्या?

मैनेजर: जी मिलेगा, कितने लोग हैं?

कमली: मैं अकेली ही हूँ।

मैनेजर: कमाल है, एक तो ये दिल्ली शहर, दूसरा रात के 12 बजे का समय और आप अकेली! आपको डर नहीं लगता?

कमली: मैनेजर साहब, हम हैं, खतरों के खिलाड़ी। हमारा डर से दूर दूर तक कोई नाता नहीं है। हम तो खतरों से खेलने के लिए ही इस दिल्ली जैसे बड़े शहर में आए हैं। ये लीजिए हमारा आई डी और हमको हमारा कमरा नंबर बता दीजिए।

मैनेजर: लुकाट, मैडम का सामान कमरा नंबर 311 में छोड़ आओ।

कमरे में जाते समय कमली ने लुकाट का चेहरा देखा तो बोली

कमली: अरे भईया, आप तो कमरा नंबर 311 का नाम सुनकर ऐसे सहम गए हो जैसे उस कमरे में भूत हों। अक्सर फिल्मों में और कहानी में जैसा होता है कि होटल का एक कमरा भूतिया होता है।

लुकाट: मैडम, आपको कैसे पता चला कि ये कमरा भूतिया है?

कमली: मैं किसी भूत वूत से नहीं डरती, जल्दी से दरवाज़ा खोलो।

लुकाट कांपते हुए हाथों से दरवाज़ा खोलने लगा, वो दरवाज़ा खोल कर बाहर खड़ा कांप ही रहा थी कि कमली ने उसके हिप्स पर एक ज़ोरदार लात मारी और बोली

कमली: अबे साले, इतना क्या डर रहा है? खोल जल्दी। साला मैं लड़की होकर यहाँ रहने को तैयार हूँ, और तू इस होटल में दिन रात रहता है, और फिर भी डर रहा है। देख कितना प्यारा कमरा है, क्या प्यारी प्यारी भीनी भीनी खुशबू आ रही है। चल अब जा और मेरे लिए एक फुल चिकन और एक प्लेट राइस ले कर आ। हाँ एक ठंडी बीयर भी लेकर आ। एक बात सुन ले अगर तू 15 मिनट से लेट आया तो आज तू इस कमरे में सोयेगा और मैं बाहर। चल जा जल्दी लेकर आ।

लुकाट वहाँ से भाग कर गया और उसके लिए 10 मिनट में ही सब ले आया। कमली ने भर पेट खाना खाया और सो गई। वो अभी कच्ची नींद में थी। रात के तकरीबीन 2 बजे का समय था। कमली के कानों में किसी स्त्री, पुरुष और किसी बच्चे के लड़ने के आवाज़ें सुनाई देने लगी। कमली निडर थी। वो उठी उसने देखा कि उसके कमरे का नाइट बल्ब जल रहा था और वहाँ कोई नहीं था। वो बाथरूम गई, सुसू किया और आ कर अपने बिस्तर पर लेट गई। तभी उसके मन में एक शरारत सूझी। उसने सोचा कि क्यों ना होटल वालों को थोड़ा और डराया जाए। उसे तीन बार बेल का बटन दबाया। बेल की आवाज सुनकर लुकाट उठ गया और डर कर अपने मैनेजर के कमरे में गया। वो उस वक्त सो रहा था।

लुकाट: मैनेजर साहब, सर उठिए।

मैनेजर: क्या हुआ?

लुकाट: सर, वो 311 नंबर वाली लड़की 3 बार बेल बजा चुकी है, और मुझे बुला रही है।

मैनेजर: हाँ, तो फिर तू उसके पास क्यों नहीं गया?

लुकाट: सर, मुझे डर लग रहा है।

मैनेजर ने लुकाट का हाथ पकड़ा और कमरा नंबर 311 के बाहर जा कर उसका दरवाज़ा नोक किया। कमली ने झट से दरवाज़ा खोला

मैनेजर: यस मैडम, कहिए, क्या चाहिए?

कमली: बड़ी ही बेकार सर्विस है आपकी। क्यों बे टकले, पानी कौन रखेगा कमरे में?

लुकाट: सॉरी मैडम, मैं अभी ले कर आया।

ये लीजिए पानी।

कमली: मैनेजर साहब, वक्त क्या हुआ है?

मैनेजर: जी रात के 2 बजकर 13 मिनट।

कमली: क्यों बे टकले, ये वक्त नाश्ते का है क्या? ये प्लेट को ढक कर क्यों गया था?

लुकाट: जी मैंने कुछ भी नहीं रखा, मैं तो वहाँ सो रहा था।

मैनेजर: लुकाट, अगर तुम नहीं ले कर आए, तो कौन लाया होगा? तुम्हीं ने इस रूम की सर्विस की थी। मैं अभी देखता हूँ, इसमें क्या है?

जैसे ही मैनेजर ने उस प्लेट से कलोश उठाया, तो उन दोनों ने देखा कि उस प्लेट में एक इंसान का पंजा पड़ा हुआ था, जो कि फड़फड़ा रहा था। उसे देख कर मैनेजर और लुकाट वहीं ज़मीन पर गिर गए और बेहोश हो गए। उनके गिरने की आवाज़ से आस पास के कमरों से भी लोग बाहर आ गए और कमली से पूछने लगे कि क्या हुआ है?

लोग: क्या हुआ मैडम, इन दोनों को?

कमली: जी पता नहीं, इस मैनेजर ने इस प्लेट से कलोश उठाया और ये दोनों इन समोसों और कटलेट को देखकर बेहोश हो गए। मुझे भी कुछ समझा नहीं कि क्या हुआ है!

उसी वक्त किसी ने पुलिस को फोन कर दिया। कुछ देर में पुलिस आ गई। उन्होंने जब सब से पूछताछ की, तो सभी ने वही बात पुलिस को बता दी। पुलिस ने उन दोनों को अपनी जीप में डाला और पास के अस्पताल में इलाज के लिए ले गए। फिर कुछ प्राथमिक चकित्सा के बाद दोनों स्वस्थ हो गए और उन्हे अस्पताल से छुट्टी दे दी गई। पुलिस सुबह आठ बजे होटल पहुँच गई। एस एच ओ साहब ने मैनेजर, लुकाट और कमली को एक रूम में बुलाया। कमली को सबसे पहले एस एच ओ साहब ने कमरे में अकेले बुलाया

एस एच ओ: आओ बेटी बैठो। आप किसी से डरे बिना हमको ये बताओ कि कल रात क्या हुआ था। ये दोनों आपके कमरे में क्या कर रहे थे? ये आपके साथ कुछ गलत काम करने तो नहीं आए थे? आप हम को सब कुछ बता सकती हो। वैसे डॉक्टर के हिसाब से तो ये लोग डर के मारे बेहोश हो गए थे।

कमली: अरे नहीं सर, ये साले, कुत्ते मुझ पर क्या बुरी नज़र डालेंगे। सॉरी सर, मगर कल रात तकरीबीन 2 बजे मुझे बहुत प्यास लगी तो मैं पानी पीने के लिए उठी। जब मैंने देखा कि कमरे में पानी नहीं है, तो मैंने उस साले लुकाट को बेल बजा कर बुलाया कि वो मुझे पानी दे दे। मगर, वो साला तो उस मैनेजर को ही साथ में ले आया।

एस एच ओ: बेटी, आपका कमरा नंबर कहीं 311 तो नहीं?

कमली: जी 311 ही है, क्यों कोई खास बात है उस कमरे की? कहीं वो भूतों वाला कमरा तो नहीं, क्या आप भी इस बात पर विश्वास करते हैं?

एस एच ओ: हाँ उस कमरे की कई बार शिकायात आ चुकी है। खैर छोड़ो, आगे बताओ कि क्या हुआ?

कमली: जी ये दोनों पानी का जग लेकर हमारे कमरे में आए। मैंने पानी ले लिया और थैंक्स कहा। तभी मेरी नज़र मेरे कमरे के टेबल पर पड़ी, वहाँ एक कलोश से ढकी हुई प्लेट पड़ी हुई थी। मझे लगा ये साला लुकाट पागल है, जो आधी रात को नाश्ता ले आया है। मैं मैनेजर पर बरस पड़ी कि मैंने कोई ऑर्डर नहीं दिया है, फिर ये क्यों ले कर आया है? सर, मैनेजर ने लुकाट से पूछा कि वो ये प्लेट क्यों ले कर आया है। इस पर लुकाट ने कहा कि वो तो सिर्फ पानी ले कर आया है और वो इस प्लेट के बार में कुछ नहीं जानता। मैनेजर को गुस्सा आया और उसने झट उसे प्लेट से कलोश उठा दिया। बस, उसके बाद ये दोनों चीख मारकर गिर गए और बेहोश हो गए। जब मैंने उस प्लेट की ओर देखा तो उसमें कटलेट और समोसे रखे हुए थे।

तभी वहाँ लुकाट और मैनेजर भी आ गए।

मैनेजर: जी नहीं सर, ये सच नहीं नहीं है। मेरे साथ लुकाट भी था, उसने भी वही देखा, जो मैंने देखा, बोल लुकाट उस प्लेट में क्या था?

लुकाट: जी जनाब, जब मैनेजर साहब ने उस प्लेट से कलोश हटाया तो उस प्लेट में एक इंसानी पंजा था, जो कि फड़फड़ा रहा था। उसी को देखकर हम दोनों बेहोश हुए थे।

मैनेजर: जी सर, लुकाट ठीक कह रहा है।

कमली: तुम दोनों साले पागल हो गए हो। सर, मेरे साथ साथ, आस पास के लोगों ने भी उस प्लेट को देखा था और उन सबको भी वही नज़र आया था, जो मैंने आपको बताया है। आप उनसे पूछ कर देख सकते हो। बोलो रे क्या था वहाँ?

लोग: जी वहाँ प्लेट में समोसा और कटलेट थे।

एस एच ओ: ठीक है आप सब लोग अपने अपने कमरे में जाइए। देखो बेटी कमली ये जो कमरा है जिस में आप रह रही हैं। इस कमरे से पहले भी कई बार हमको इसी तरह की शिकायत मिल चुकी है। ये कमरा भूतिया ही है। इसलिए यहाँ ऐसा होता है। आप एक काम करो अपना कमरा बदल लो।

कमली: देखिए सर, मैं झारखंड की रहने वाली हूँ और एक आदिवासी खानदान से हूँ। हम लोग भूतों से डरते नहीं बल्कि उनकी पूजा करते हैं। मुझे तो उस कमरे में कोई भी नज़र नहीं आया। मैंने तो उस प्लेट के समोसे उठा कर उस दिवार पर रख दिए थे।

एस एच ओ: लेकिन वहाँ तो कुछ पत्थर और बिल्ली की पोंटी पड़ी हुई है।

कमली: देखिए सर, मुझे यहाँ अभी 3 – 4 दिन और रहना है। जो काम मैं करने आई हूँ, वो करके ही यहाँ से जाऊँगी।

एस एच ओ: ठीक है कोई बात नहीं। आप मेरा नंबर नोट कर लीजिए, अगर कोई दिक्कत हो तो मुझे फोन केर देना।

कमली: थैंक्स सर।

एस एच ओ के जाने के बाद

कमली: अबे ओ गंजे, टकले, जा मेरे लिए 4 अंडों का ऑम्लेट और 4 ब्रेड और बटर ले कर आ और साथ में चाय भी। अबे डरपोक, तुझे तो लड़की होना चाहिए था। साले यहाँ कोई भूत प्रेत नहीं हैं। चल जा और जल्दी नाश्ता ले कर आ, फिर तेरे साथ बैठ कर पर्सनल बात करूंगी।

लुकाटः अरे बाप रे, लड़की है यां, बॉम्ब।

थोड़ी देर के बाद लुकाट कमली का नाश्ता ले आया।

कमलीः चल आजा और यहाँ मेरे सामने बैठ जा। एक बात बता, क्या तू आज रात मेरे साथ मेरे कमरे में सोयेगा?

लुकाटः अरे ना रे बाबा। मेरा दिमाग खराब नहीं हुआ है, जो इस कमरे में आ कर सोऊँगा। ना बिल्कुल नहीं।

कमलीः अच्छा एक बात बता, ऐसा क्या है इस कमरे में, जो इस होटल के सारे लोग इस कमरे से डरते हैं। आखिरकार, कहानी क्या है इस कमरे की? क्या सही में इस कमरे में भूत रहते हैं।

लुकाटः मैडम, आप पहली लड़की हो, जिसने इस कमरे में पूरी रात काटी है, नहीं तो आपसे पहले तो सब लोग 11 बजे ही चीखते हुए इस कमरे से भाग गए थे।

कमलीः अगर ऐसी बात है, तो ये होटल वाले इस रूम जो हमेशा के लिए बंद क्यों नहीं कर देते?

लुकाटः जी वो इसलिए कि यदि ये कमरा हमने बंद कर दिया तो होटल के बाकि कमरों में प्रॉब्लेम आ जाएगी। इसलिए, हम हर रोज सुबह इस कमरे की सफाई करते हैं और नई चादर बिछाते हैं। मगर जब सुबह देखते हैं, तो वो चादर सिकुड़ी होती है। मगर कुछ तो है इस कमरे में, जो एक अजीब सी खुशबू रहती है इस कमरे में।

कमलीः अच्छा, अगर ये बात है, तो तुम इस कमरे को कस्टमर को क्यों देते हो? ये कमरा मुझे क्यों दिया, बोलो, जल्दी बता?

लुकाट: जी ये कमरा हम तब देते हैं, जब होटल के सारे कमरे बुक होते हैं।

कमली: अच्छा, तभी इस कमरे का रेट सबसे कम हैं। अब समझी मैं। अच्छा ये बता कि यहाँ सबसे बड़िया पराँठे कहाँ मिलते हैं?

लुकाट: मैडम, वो जगह तो यहाँ से 40 किलोमीटर दूर है। वो जगह सिर्फ पराँठों के लिए ही मशहूर है। उस जगह का नाम है, मुरथल।

कमली: अच्छा समझ गई, चल फुट यहाँ से।

कमली उसके जाने के बाद जल्दी से तैयार हुई और होटल के नीचे आ गई और सोचने लगी कि अब क्या किया जाए। तभी उसको उस ऑटो वाले की याद आई, जिसने अपना नंबर उसको दिया था। उसने तुरंत उसको फोन किया

कमली: हैलो।

बबल: हैलो, जी बोलिए।

कमली: अरे पहचाना नहीं यार। तुमने मुझे ये नंबर दिया था, और कहा था कि अगर मुझे कहीं जाना हो तो काल कर दूँ।

बबल: जी मैडम, मैं पहचान गया। बोलिए।

कमली: क्या तुम अभी दिव्य होटल के बाहर आ सकते हो?

बबल: जी मैं अभी 10 मिनट में पहुँच जाऊँगा। एक सवारी है स्टेशन कि, बस उसे उतार कर आता हूँ। मगर आज मैं टैक्सी में हूँ।

कमली: चलेगी, टैक्सी भी चलेगी।

कुछ देर के बाद बबल टैक्सी ले कर होटल के बाहर पहुँच गया

बबल: आइए, मैडम, बैठिए। आज तो आप कमाल लग रही हैं, आज तो पहचान में ही नहीं आ रही।

कमली: अबे साले, लड़की देखी नहीं कि लगा हीरो बनने। चल दरवाज़ा खोल, बैठने दे।

बबल: मैडम, मुझे आप अच्छी लगी तो कह दिया। अगर आपको बुरा लगा तो सॉरी। आगे से नहीं कहूँगा। आप ये बताइए कि कहाँ जाना है?

कमली: मुझे यहाँ से मुरथल जाना है, वहाँ जाकर पराँठे खाने हैं। उसके बाद में तुमको बताऊँगी कि वहाँ से कहाँ जाना है?

बबल: ठीक है बैठिए।

कुछ देर चलने के बाद

बबल: मैडम, क्या मैं आपसे कुछ पूछ सकता हूँ?

कमली: देखो भई, जो पूछना है, वो पूछ लो, मगर मेरे साथ कोई चीटिंग करने की कोशिश मत करना। मैं ये बात इसलिए कह रही हूँ, क्योंकि जब भी मैं होटल से बाहर जाती हूँ तो पहाड़गंज के थाने के एस एच ओ को बता कर जाती हूँ। वो मेरे दूर के मामा लगते हैं।

बबल: मैडम जी, आपकी उम्र तो लगभग 22 साल की लग रही है, और आप इतनी लंबी और खूबसूरत भी हैं। मैंने देखा है, आप निडर भी हैं और समझदार भी हैं। लेकिन क्या आप जानती हैं कि ये राज़धानी दिल्ली है। अब ये पहले वाली दिल्ली नहीं रही, जहाँ नौकरी को लेकर ठगी होती थी। पहले लोगों को विदेश भेजने के नाम से ठगी होती थी।

लेकिन आज कल जो दिल्ली है, वो इतनी गंदी हो गई है कि यहाँ थोड़े से रुपए के लिए मर्डर हो जाते हैं। बलात्कार तो मानो, यहाँ का फैशन सा बन गया है और तो और अगर होटल में थोड़ी देर से खाना मिले तो यहाँ लोग चाकू चला देते हैं। जिस शहर में इतना बुरा हाल है, वहाँ आप इतनी निडर हो कर घूम रही हैं?

कमली: आपने मुझे इस शहर के बारे में बताया, उसके लिए आपका शुक्रिया। लेकिन ये सब बातें मैं अच्छे से जानती हूँ, कि यहाँ छोटी सी बात पर लड़ाई हो जाती है। लोग एक दूसरे को चाकू मार देते हैं, सारे आम रेप हो जाते हैं। लेकिन क्या आप बता सकते हो कि ऐसा क्यों होता है यहाँ?

बबल: जी मैं ठीक से तो नहीं जानता। मुझे लगता है कि ये सब बेरोजगारी के कारण होता होगा।

कमली: तू तो बिल्कुल बुद्दू है। अबे मैं बताती हूँ तुझे। देखो, दिल्ली में रहने वाले ज़्यादातर लोगों दिल्ली के बाहर के रहने वाले हैं। जैस झारखंड, यू पी, पंजाब, राज़स्थान और भी कई शहरों के लोग अपने अपने शहरों में कांड करके आते हैं और यहाँ आ कर ठाठ से रहते हैं। यहाँ के नेता तो एक नंबर के भ्रष्ट हैं। यहाँ कि पुलिस जो है वो एकदम निकम्मी है।

बबल: ये तो आपने एक दम सही बात की है। पुलिस तो यहाँ सिर्फ जुर्म होने के बाद ही आती है और आ कर भी कुछ नहीं करती। लीजिए मैडम, बातों ही बातों में मुरथल पहुँच गए।

कमली: ठीक है, किसी अच्छे से होटल पर गाड़ी रोक दे।

एक होटल के बाहर का वटचमैन

वटचमैन: यहाँ गाड़ी मत रोको, यहाँ सारे टेबल बुक हैं। सिर्फ एक ही टेबल खाली है, मगर वो भी बुक है।

कमली: बबल, गाड़ी यहीं रोक दे।

कमली गाड़ी से बाहर आई और बोली

कमली: टेबल बुक है, मगर अभी खाली है ना, कोई आया तो नहीं ना। चल बबल आजा।

बबल: नहीं मैडम, मैं नाश्ता करके आया हूँ। आप जाइए, मैं आपका गाड़ी में ही इंतजार करता हूँ।

कमली ने अपना पर्स उठाया और शान से होटल में एंट्री ले ली। अंदर जा कर वो उस खाली टेबल के साथ पड़ी कुर्सी पर बैठ गई और बड़े गौर से मेनु पढ़ने लगी। उसे वहाँ बैठा देखकर एक वेटर उसके पास चल कर आया और बोला

वेटर: मैडम, आपको कम से कम 1 घंटा इंतजार करना पड़ेगा। ये टेबल पहले से ही बुक है।

कमली: बुक होगा, अभी तो यहाँ कोई बैठा नहीं हुआ, जब वो आएगा, तब का तब देखा जाएगा। तब तक एक मस्त प्याज़ का परांठा और दही ले कर आ। चल फूट यहाँ से।

वेटर उसकी बात सुनकर अपने मैनेजर को ले आया।

मैनेजर: मैडम, प्लीज हम आपसे रीक्वेस्ट कर रहे हैं, कि आप बाहर जा कर बैठ जाइए। हम आपको ये टेबल नहीं दे सकते।

कमली: एक बात मुझको समझाओ मैनेजर, कि आखिर कार ये टेबल है किस का, कौन है जिसके नाम से आप लोग इतना डर रहे हैं कि किसी को उसके टेबल पर बैठने ही नहीं दे रहे। कोई गुंडा वुनडा है क्या?

मैनेजर: गुंडा? मैडम, वो दिल्ली का डॉन है। उसका टेबल एक दिन पहले ही बुक हो जाता है। जब वो आता है तो उसके साथ 5 – 7 बॉडी गार्ड होते हैं। अगर कहीं वो जल्दी आ गया और उसने देख लिया कि उसका बुक किया हुआ टेबल खाली नहीं है, तो यहाँ भूचाल आ जाएगा। आप प्लीज हमारी प्रॉबलम को समझिए।

मैनेजर की बात सुनकर कमली ज़ोर ज़ोर से हसने लगी और बोली

कमली: ये अच्छा है। ये मैंने पहली बार सुना है कि कोई एक दिन पहले ही टेबल बुक कर देता है। चलो अच्छा है, आने दो तुम्हारे उस डॉन को, आज उसको भी देख लेंगे। देखते हैं कि साला डॉन कैसा दिखता हैं।

तभी कमली के सामने वो वेटर आ गया, तो वो उसे गुस्से में देखकर बोली।

कमली: अबे वो वेटर, जल्दी से मेरे पराँठे ले कर आ, नहीं तो आज तेरी खैर नहीं।

कमली की कड़क आवाज़ सुनकर मैनेजर डर गया और सोचने लगा कि आज तो लफड़ा पक्का है। ये लड़की तो पूरी फुलनदेवी है।

कमली के यूँ गुस्सा होने पर मैनेजर ने वेटर को उसका ऑर्डर लाने के लिए कह दिया। पराँठे आते ही कमली उनपर टूट पड़ी। वो बड़े ही चाव से पराँठों का आनंद ले रही थी कि तभी बाहर बहुत से गाड़ियों की तेज़ ब्रेक लगने की अवाज सुनाई दी। उस आवाज़ को सुनकर सबका ध्यान उन गाड़ियों की ओर गया। होटल के मैनेजर से लेकर उसके मालिक

तक सब डॉन की गाड़ी की आवाज़ को पहचानते थे। उसे सुनकर सब उसे लेने के लिए गेट पर जाकर खड़े हो गए। एक ही झटके में गाड़ी का दरवाज़ा खुला और उनमें से डॉन निकलकर तेज़ तेज़ कदमों से अपने टेबल नंबर 507 की ओर बड़ने लगा। जब वो वहाँ पहुँचा तो उसने देखा कि उसके बॉडी गार्ड एक लड़की को जबरदस्ती उठाने की कोशिश कर रहे थे। उन्हे यूँ जबरदस्ती करता हुआ देख कर वो बोला

डॉन: इसे छोड़ दो, इसे कोई हाथ नहीं लगयेगा।

बॉडी गार्ड: अबे ओ मैनेजर, हमारे बॉस का टेबल तो पहले से बुक था, फिर इसे क्यों बैठने दिया।

डॉन: रहने दो शेरा, इसमें मैनेजर का कोई कसूर नहीं है। अलबत्ता, इसने तो हम को फोन कर के इस लड़की के बारे में भी बता दिया था। मैं तो ये देखना चाहता हूँ कि ये आखिर है कौन, जिसने मेरे टेबल पर बैठने की जुर्रत की है।

डॉन बड़े गौर से कमली को घूर घूर कर देख रहा था, और कमली बड़ी मस्ती से पराँठे खा रही थी। लेकिन वो इस बात से बेखबर नहीं थी कि डॉन के बॉडी गार्ड ने उसे चारों ओर से घेर रखा था। उसने सबकि आँख बचा कर एक मैसेज बबल को कर दिया। मैसेज पड़ते ही बबल अलर्ट हो गया और वो अपनी टैक्सी होटल के गेट का बाहर ले आया और उसे तेजी से रेस देने लगा। उधर डॉन को घूरता देखकर कमली बोली

कमली: अबे वो बुल डॉग, ऐसे आँख फाड़ फाड़ कर क्या घूर रहा है, क्या कभी लड़की नहीं देखी तूने पहले?

डॉन: लड़कियाँ तो बहुत देखी हैं, मगर मैं ये याद करने की कोशिश कर रहा हूँ कि मैंने तुमको पहले कहाँ देखा है?

कमली: मैं बताती हूँ, कहाँ देखा था, सपने में।

होटल का बॉस: ऐ लड़की, तू एक हाथ से क्यों खा रही है, और तेरा दूसरा हाथ टेबल के नीचे क्यों है। अब तूने खा लिया है तो अब जा।

बॉस की ये बात सुनकर होटल का मैनेजर जल्दी से गया और उसका बिल ला कर उसकी टेबल पर रख दिया और बोला

मैनेजर: मैडम, अब आपने पराँठे खा लिए हैं, आप बिल दीजिए और जाईए यहाँ से।

कमली: अबे ओ घोंचू, ये बिल जिस टेबल पर रखा है, वो टेबल इस बुल डॉग का है, सो बिल भी यही भरेगा। समझा कुत्ते।

बॉस: मैनेजर, तुम ये बिल हमारे खाते में डाल दो और इसे यहाँ से जाने दो।

डॉन: मुझे कुछ कुछ याद आ रहा है, कि इसे कहाँ देखा था।

बॉस: अब तुम खा चुकी हो, फिर भी तुम्हारा हाथ टेबल के नीचे क्यों है, वहाँ क्या है?

कमली: अबे साले, इतने सारे लोग मुझे घेर हुए हैं। मुझे भी तो अपनी हिफाजत करनी है। मेरे उस हाथ में पूरे 12 राउन्ड की रिवॉल्वर है। अगर किसी ने कोई भी हरकत करने की कोशिश की तो सारी की सारी तुम्हारे भेजे में उतार दूँगी।

डॉन: अच्छा, तू हमारे भेजे में गोली मारेगी, ज़रा देखें तो कितना दम है तेरे में।

डॉन की बात सुनकर कमली थोड़ी सहम गई, मगर उसने आचार से भारी हुई दही की प्लेट को अच्छे से पकड़ा और सबका ध्यान बचा कर उसे वो दही डॉन के मुहँ पर मार दी, और वहाँ से तेज़ रफ्तार से गेट की तरफ भागी। वहाँ बबल ने उसे आता हुआ देख कर गाड़ी का दरवाज़ा खोल दिया। जब तक उनको सुध आई, तब तक बबल और कमली वहाँ से रफूचक्कर हो गए।

कमली: तेज़ गाड़ी भागा जानेमन, वरना मारे जायेंगे।

बबल ने ना सिर्फ गाड़ी तेज़ भगाई, बल्कि बहुत समझदारी ने उसे कुछ किलोमीटर जाने के बाद एक कच्चे रास्ते पर गाड़ी उतार दी और वहाँ से एक गाँव में जाकर गाड़ी रोक दी।

उधर डॉन के बॉडीगार्ड कई किलोमीटर तक जब आगे निकल आए और उनको कोई गाड़ी नहीं दिखी तो वो आपस में बात करने लगे

शेरा: यार, वो लड़की तो हम सबको चकमा दे कर निकल गई। अब क्या होगा, बॉस तो हमको उल्टा टांग देगा।

टीपू: यार बात तो सही कह रहा है। मगर इतने बड़े दिल्ली शहर में उसे ढूंढ कर कैसे निकालेंगे? इतनी तो भीड़ है यहाँ।

शेरा: एक बात समझ नहीं आई कि बॉस और इस लड़की का क्या चक्कर है? लगता है कि कोई पुराना टांका है?

टीपू: लो बाकि के लोग भी आ गए।

बॉडी गार्ड: लड़की आई पकड़ में?

टीपू: नहीं यार, वो तो चकमा दे कर निकल गई। मैं बॉस को बोल देता हूँ।

डॉन: क्या हुआ टीपू, लड़की मिली?

टीपू: नहीं बॉस, वो हाथ से निकल गई।

डॉन: साली जाएगी कहाँ, उसे कैसे भी खोज निकलो। अपने आदमियों को चारों ओर फैला दो, बस स्टैन्ड, रेल्वे स्टेशन, एयरपोर्ट। उस साली से पुराना हिसाब भी चुकाना है। जाओ जल्दी।

उधर कमली उस गाँव के सरपंच के पास पहुँची।

सरपंच: जी कहिए, किससे मिलना है?

कमली: जी, मैं एक जर्नलिस्ट हूँ और इस गाँव के बारे में कुछ जानना चाहती हूँ। आपको इस गाँव में किसी चीज़ की कोई कमी तो नहीं है।

सरपंच: जी ऐसी तो कोई बात नहीं है। मैं आपको इस जगह का मुआइना करवा देता हूँ। ये देखिए, ये यहाँ एक सरकारी डिस्पेंसरी है। ये प्राइमेरी स्कूल है और इसके साथ ही सीनियर सेकन्डेरी स्कूल है। यहाँ सब जगह मीठे पानी के नल हैं, और यहाँ टूबेल भी लगा हुआ है। वैसे आप कुछ थकी हुई लग रही हैं। आप चाहें तो आज हमारे यहाँ ही आराम कर सकती हैं।

कमल: जी शुक्रिया। आप कहते हैं, तो हम आज यहीं रुक जाते हैं।

सरपंच: ठीक है। आप अंदर आ जाओ, मैं आपको आपका कमरा दिखा देता हूँ। वैसे हमारे घर में हमारी बिरवानी और एक बिटिया है, जो दसवीं कक्षा में पढ़ती है। उसका नाम है साँवली। लो आ गई वो।

साँवली: नमस्ते दीदी।

कमली: नमस्ते साँवली, कैसी हो? अच्छा एक बात बताओ कि बिरवानी किसे कहते हैं?

साँवली: जी, वो गाँव की भाषा में पत्नी को बिरवानी कहते हैं। लो मेरी माँ आ गई।

कमली: जी नमस्ते।

माँ: नमस्ते। आप लोग बैठो, मैं आपके लिए लस्सी ले कर आती हूँ।

थोड़ी देर के बाद

माँ: लीजिए, लस्सी।

कमली: ले बबल, तू भी पी ले। जवाब नहीं इस लस्सी का, वाह मज़ा आ गया। माँजी, आज हम आपके यहीं रुकने वाले हैं।

माँ: जी, इन्होंने बताया। मैं अभी सब इंतजाम कर देती हूँ।

कमली: जी शुक्रिया। अरे यार बबल, ज़रा होटल में फोन तो लगा। मेरी मैनेजर से बात करवा।

मैनेजर: जी कहिए, कौन बोल रहा है, क्या आपको कमरा चाहिए।

कमली: अबे वो घोंचू, मुझे भूल गया क्या। मेरी बात ध्यान से सुन। मैं दो दिन तक बाहर रहूँगी। मगर, मेरा कमरा, एक हफ्ते के लिए बुक रहना चाहिए। मेरा सामान वहीं पड़ा हुआ है।

मैनेजर: जी मैं समझ गया, आपका कमरा बुक रहेगा।

उन दोनों ने रात सरपंच जी के घर में गुज़ारी और सुबह होते ही वो उठ कर खेतों में टहलने निकल गए। वहाँ से आकर फ्रेश हुए और नाश्ता कर के सरपंच और उनके परिवार से जाने की आज्ञा माँगी।

कमली: अच्छा सरपंच जी, अब हम चलते हैं। आपका बहुत बहुत शुक्रिया।

सरपंच: ठीक है बिटिया। अपना ध्यान रखना।

बबल: मैडम, अब आगे क्या इरादा है? अब कहाँ चलना है? वापिस होटल ले चलूँ क्या?

कमली: अबे वो बुल डॉग ने अपने पिल्ले सब जगह घुमा रखे होंगे। साल ढूंढ रहा होगा मुझको। चल तू एक काम कर कल वाले होटल ही ले ले। मगर एक बात का ध्यान रखना, तू अपनी टैक्सी हमेशा रेडी रखना। जैसे ही कल वाली जीप यां गाडियाँ दिखाई दें, तो मुझे तुरंत मिस काल देना और गाड़ी स्टार्ट करके गेट पर आ जाना।

बबल मन ही मन बोल उठा: ये मरवा कर रहेगी।

कमली: क्या कहा? तूने पूछा नहीं, मैंने ऐसा क्यों कहा कि गाड़ी स्टार्ट रखना?

बबल: जी कुछ नहीं, जैसे आप कहोगी, मैं करूँगा। जी पता नहीं।

कमली: वो इसलिए, क्योंकि जैसे ही मैं उस होटल में एंट्री लूँगी, वो मैनेजर और वेटर दोनों डॉन को फोन कर देंगे।

बबल: मगर मैडम, आपका इन गुंडों से वास्ता ही क्या है?

कमली: वो मैं तुझको बाद में बता दूँगी, अभी तू चल।

थोड़ी देर के बाद बबल ने गाड़ी होटल के आगे लगा दी और मैडम चुपके से होटल में प्रवेश कर गई और फिर से उसी खाली टेबल पर जा कर बैठ गई और बड़े गौर से मेनु कार्ड देखनी लगी।

वेटर: अरे मैडम, आप फिर से आ गई। आप समझती क्यों नहीं हैं कि ये टेबल डॉन के लिए हमेशा बुक रहती है। आप किसी दूसरे टेबल पर बैठ जाइए।

कमली: अरे अगर वो इतना बड़ा गुंडा है, तो कोई पुलिस को बताता क्यों नहीं? ऐसे साले को तो जेल में होना चाहिए।

वेटर: मैडम, वो कोई छोटा मोटा जेब कतरा नहीं है। डॉन है। वो पूरा गैंग चलाता है। रही बात पुलिस की, तो वो तो उसका ही हुक्म बजाती है। मैडम, अब मैं क्या कहूँ, ये दिल्ली की पुलिस, यहाँ के हिजड़े और ये डॉन, ये सब ***दिल्ली के शातिर लुटेरे हैं।***

कमली: अच्छा ये बता कि ये तेरा डॉन रहता कहाँ है?

वेटर: जी वो दिल्ली में ही कहीं रहता है, मगर कहाँ, वो मैं नहीं जानता।

कमली: एक काम कर, आज मुझे लहसुन, आलू और गोभी के पराँठे खिला दे। उसके साथ छोले लाना मत भूलना। एक काम कर मेरा ड्राइवर बाहर है, उसे भी नाश्ता दे दे।

वेटर: मैडम, मैं आपका नाश्ता ले कर आता हूँ। ड्राइवर के लिए अलग कैबिन है और खाना भी फ्री है। आप उसको बोल दो।

थोड़ी देर के बाद

वेटर: लीजिए आपका नाश्ता।

कमली: अच्छा ये बता कि आज वो तेरा मैनेजर कहाँ है?

वेटर: जी वो किसी से फोन पर बात कर रहे हैं।

कमली: ठीक है समझ गई। ले पकड़ ये 100 का नोट। मझे तेरे डॉन का नंबर चाहिए।

वेटर: आप बहुत होशियार हैं। आप जानती हैं कि उसका नंबर मेरे पास ही होगा। मैं अभी आपको कागज़ पर लिख कर देता हूँ।

कुछ देर के बाद मैनेजर कमली के पास आया और बोला

मैनेजर: वेलकम मैडम। आज आप इत्मीनान से बैठिए, आज कोई जल्दी नहीं है।

कमली: क्यों बे मैनेजर, आज क्या तेरे बाप की शादी है यां फिर तूने अपने बाप को फोन कर के बता दिया है।

मैनेजर: जी वो

कमली: चल जा मेरा बिल ले कर आ।

मैनेजर: जी बिल भरने की कोई जरूरत नहीं है।

कमली: ठीक है तो फिर जल्दी से कॉफी ले कर आया। आज तेरे डॉन को भी देख लूँगी।

उधर डॉन ने भी अपनी पूरी तैयारी कर ली थी। उधर शालीमार (डॉन) ने पुलिस कमिश्नर को फोन किया

कमिश्नर गुलाटी: हैलो मैं कमिश्नर बोल रहा हूँ।

शालीमार: साहब, मैं शालीमार बोल रहा हूँ। आपको याद है, मैंने आपसे कुछ दिन पहले एक लड़की का जिक्र किया था।

कमिश्नर: वो झारखंड वाली लड़की?

शालीमार: जी जी वही। सर, वो कहाँ ऐश कर रही है, मैं जानता हूँ। मैं तो कहता हूँ, कि आज इस छल्ले को अपनी गरिफ़्त में ले लो। अगर ये लड़की अपने हाथ लग गई, तो अपने को कई राज़ की मालूमात हो जाएगी।

कमिश्नर: ठीक है। मैं तेरे साथ अपने 10 जवान भेज देता हूँ, बाकि तेरे आदमी तो होंगें ही।

शालीमार: सर, वो मुरथल में आराम से बैठ कर पराँठे खा रही है। आज वहीं दबोच लेते हैं उसे। आप अपने आदमी भेज दीजिए, मैं उनको वहीं मिलता हूँ,।

डॉन शालीमार सारी तैयारी के साथ मुरथल निकल पड़ा। उसे वहाँ पहुँचने में 1 घंटा लगने वाला था। उधर कमली ने बबल को फोन किया

कमली: बबल, बाहर की क्या खबर है?

बबल: मैडम, लगता है मेरी टैक्सी पहचान में आ चुकी है। मगर आप चिंता मत करो। मैंने अपने दोस्त को 1 घंटे पहले ही फोन कर के यहाँ बुलाया था। उसकी प्राइवेट कार है और उसका नंबर है डी अल – 0005। उसका नाम पठान है और आप उस पर मुझसे ज़्यादा भरोसा कर सकती हैं।

कमली: बबल, तू तो होशियार निकला रे। मैं भी तुझे यही कहने वाली थी कि एक गाड़ी का इंतजाम कर दे। अब आएगा खेल का मज़ा। चल

फोन रख, अब मेरा खेल शुरू होगा।

उधर कमली ने शालीमार को फोन लगाया। शालीमार के पास उसका नंबर नहीं था, तो उसने नया नंबर सोच कर फोन उठा लिया

कमली: हैलो

शालीमार: हैलो, बोलो, किस से बात करनी है?

कमली: जी क्या मैं शालीमार जी से बात कर सकती हूँ?

शालीमार: हाँ मैं शालीमार बोल रहा हूँ, तुम कौन हो?

कमली: मैं वो हूँ, जिसकी तलाश तुझे है और मुझे तेरी तलाश है। साले, हराम खोर, कुत्ते, मैं तेरी ही टेबल पर बैठ कर तेरा इंतजार कर रही हूँ। तू तो एक लड़की को पकड़ने के लिए इतने सारे लोग और पुलिस भी अपने साथ ले कर आ रहा है।

शालीमार: मगर, ये बात तुझे कैसे पता?

कमली: साले, तेरे पालतू जो मेरी सेवा में लगे हुए हैं ना, वो मुझ पर नज़र रखे हुए हैं कि कहीं मैं पराँठे खा कर रफूचक्कर ना हो जाऊँ। मगर, मैं तेरी ही वैट कर रही हूँ। अपने साथ जो खिलौना तू साथ में लेकर आ रहा है ना, उसे अपनी जेब में ही रखना, क्योंकि मेरे पास लैटस्ट ए के 47 है, वो भी फोल्ड करने वाली। अमेरिका का नया मॉडल। ध्यान से आना कहीं सारी मगज़ीन तेरे अंदर ना उतर जाए। चल रख अब।

जैसे ही कमली ने फोन रखा तो बबल का फोन आ गया।

बबल: मैडम, पठान आ चुका है। उसको क्या कहना है?

कमली: एक काम कर उसको फोन कर के बोल दे कि गाड़ी का पिछला दरवाज़ा खुला रखे और गाड़ी भगाने के लिए तैयार रह। तू यहाँ से निकल और सीधा मेरे होटल चला जा। मैं तुझको वहीं मिलूँगी।

बबल: मगर, मैडम, मैं आपको इन सब के बीच में अकेला कैसे छोड़ कर चल जाऊँ?

कमली: तू सिर्फ मेरी बात सुन। तू मेरी चिंता मत कर, मैं यहाँ से निकल जाऊँगी।

बबल: मैडम, उनका काफिला पहुँच गया।

कमली: ठीक है, तू निकल।

कमली ने फोन रखते ही अपना हैन्ड बैग उठाया और सीधा बाथरूम चली गई। उधर शालीमार और उसके आदमी होटल के अंदर पहुँचे और मैनेजर से कमली के बारे में पूछने लगे।

शालीमार: कहाँ है वो?

मैनेजर: सर, वो अभी अभी बाथरूम में गई है।

शालीमार: उसने पहना क्या हुआ है? हम कैसे पहचाने उसे।

मैनेजर: सर, उसने जीन्स और चेक शर्ट पहनी हुई है।

शालीमार ने अपने सारे आदमी होटल के बाथरूम और सभी जगह भेज दिए। लेकिन कमली भी बहुत शातिर थी। उसने बाथरूम में जा कर अपनी पैन्ट उतारी और अपने बैग से बुरखा निकल कर पहन लिया और बड़े आराम से वो होटल से बाहर निकल कर पठान की गाड़ी की पिछली सीट पर बैठ गई और बोली

कमली: पठान भाई, आप गाड़ी चलिए और सीधा दिल्ली ले लीजिए।

पठान: मैडम, आपने मुझे अपना भाई बोल दिया तो आप आज से मेरी बहन हो गई। वैसे मेरा पूरा नाम जोशी पाठक है। दोस्तों ने पाठक को पठान बोलना शुरू कर दिया, तभी से सब मुझे पठान ही कहते हैं।

कमली: ठीक है। एक काम करो गाड़ी रोको, मुझे बाथरूम जाना है।

जोशी पाठक: मगर यहाँ तो बाथरूम नहीं है।

कमली: पता है। जंगल तो है ना!

कमली गाड़ी से उतरी और दूर एक झाड़ी की आड़ में गई और वहाँ अपना बुरखा उतार कर जीन्स पहन ली और वापिस आ गई।

कमली: पाठक भाई चलो, मैं भी मुसलमान नहीं हूँ।

जोशी: तो फिर आपने बुरखा क्यों पहना हुआ था? वैसे बबल ने मुझे आपके बारे में थोड़ा कुछ बताया था।

कमली: तुम गाड़ी सीधा होटल ले चलो, वहीं चल कर तुमको सब समझा दूँगी।

उधर शालीमार बाथरूम के बाहर बावला हो रहा था।

शालीमार: अबे ओ मैनेजर, तू तो कह रहा था कि वो बाथरूम में है। साले, आधा घंटा हो गया, वो कहाँ गायब हो गई बाथरूम से, इतनी सारी लेडिज तो बाहर आ चुकी हैं।

मैनेजर: सर, हो सकता है कि उसने आपको होटल में आते हुए देख लिया हो और वो डर के मारे बाथरूम से ना निकल रही हो। आप चिंता

मत कीजिए, मैं अभी चेक करवा देता हूँ।

मैनेजर एक लेडिज स्टाफ को लेकर आया और उसने पूरे बाथरूम को छान मारा, मगर कमली का कहीं पता ना चला।

मैनेजर: सर, सारे बाथरूम खाली हैं। लगता है एक बार फिर वो हम सब को चकमा देकर निकल गई।

सब के सब ये सोच के हैरान हो रहे थे कि आखिरकार सबके सामने वो निकल कैसे गई। क्योंकि ना तो उसकी वो टैक्सी दिख रही थी, और ना ही वो खुद। वेटर सोचने लगा कहीं वो भूतनी तो नहीं थी। फिर कुछ देर के बाद कमली अपने होटल वापिस पहुँच गई। वहाँ वेटर लुकाट और उसके मैनेजर ने उसका स्वागत किया। कमली ने पाठक और बबल दोनों को अपने साथ आने के लिए कहा। होटल का मैनेजर बबल को अच्छी तरह से जानता था, अतः उसने उसे जाने दिया। कमली सब को लेकर अपने कमरे में पहुँची।

लुकाट: मैडम, आपने मुझे बुलाया?

कमली: हाँ। पाठक, बोल क्या खाएगा?

पाठक: मैडम, आप जो भी माँगा लो, अपने को सब चलेगा।

कमली: अरे बबल, तू क्या बाहर झाँक रहा है। चल अंदर आ जा और बोल क्या खाएगा?

बबल: मैडम, जैसे मुंबई में भाई लोग होते हैं ना, अपने यहाँ भी ठीक वैसे ही हैं। ये सब यहाँ भी हफ्ता वसूली करते हैं।

कमली: आखिर हैं कौन ये लोग?

बबल: ये टीपू, इनामदार जैसे लोग तो भाड़े के हैं। ये सब तो थोड़े से पैसों के लिए किसी को भी मार डालते हैं। ये सब चरस और अफीम का धंधा करते हैं।

कमली: तो पुलिस वाले क्या करते हैं?

पाठक: मैडम जी, वो तो सिर्फ हफ्ता वसूली करते हैं।

कमली: तो सी बी आई, क्राइम ब्रांच ये सब लोग क्या करते हैं? अबे लुकाट तू क्या कर रहा है यहाँ। जा जाकर 3 प्लेट मटन कोफ़्ता, 3 राइस प्लेट, 3 सलाद, और 10 बटर रोटी ले कर आ। ये बता कि इसमें कितना टाइम लगेगा?

लुकाट: मैडम, 2 घंटे लग जायेंगे।

कमली: ठीक है। जा जल्दी। हाँ तो हम बात कर रहे थे कि क्राइम ब्रांच वाले क्या काम करते हैं? यार, तुम दोनों तो ड्राइवर हो, दिन रात गाड़ी चलाते हो। तुम लोगों की गाड़ी में तो हर तरह के लोग बैठते होंगे। एक बात बताओ कि चरस अफीम ये सब शहर में आता कैसे है?

पाठक: स्टेशन तक तो पुलिस ही ले आती है। उसके बाद स्टेशन से शहर में हिजड़े पहुँचाते हैं। उसके बाद सारे आम ये चीज़े शहर में मिल जाती हैं, क्योंकि दिल्ली में क्राइम और पुलिस एक साथ हाथ में हाथ मिलाकर काम करते हैं।

कमली: कोई तो होगा, जिसका इन सबके पीछे हाथ होगा, वरना ये काम इतना आसान नहीं है।

बबल: आप ठीक कह रही हैं मैडम। इन सब का सरगना है जोसफ ऐजिक। इसके साथी हैं कालू पठान और शालीमार, जिससे आप सीधा

जा भिड़ी हैं। यही दोनों मिलकर इस दिल्ली में सारे काले धंधे चलाते हैं। पुलिस को ये लोग लाखों रुपए दे देते हैं। पुलिस अपना मुहँ बंद रख लेती है। इन्ही की शह पर डांस बार और हुक्का बार सब चलता हैं। खैर इन बातों को छोड़िए, और ये बताइए कि आप इतनी ज़्यादा खूंखार और दिलेर कैसे बन गई? आपने तो इतने बड़े गुंडे को टक्कर दे दी।

कमली: देखो भाई, मैं हूँ सिर्फ 22 साल की और मैं रहने वाली हूँ झारखंड की। दिल्ली में मैं अकेली रहती हूँ। मैं झारखंड में एक जौर्नलिस्ट की हैसियात से काम करती हूँ।

बबल और पाठक: आप बोलिए, आप चिंता मत कीजिए, आप हम पर विश्वास कर सकती हैं। दिल्ली में हम आपके साथी हैं। हम भी आपके मिशन में आपके साथ हैं। आप जो कहेंगी, हम आपके लिए कर सकते हैं। आप बस बताइए कि करना क्या है?

कमली: शुक्रिया, आप दोनों का। वैसे तो हम स्वयं ही सब काम करने में सक्षम हैं। लेकिन आप दोनों ने जैसा साहस दिखाया है और हमारी मदद की है, उससे हमको विश्वास हो गया है कि आप दोनों, हमारे साथ हैं। अत: हम आपको सब सच बतला देते हैं कि आखिरकार उस कुत्ते शालीमार से हमारी क्या लड़ाई है। हमको तो ये पता ही नहीं था कि वो दिल्ली में रहता है। मुझे तो वो तब पता चला जब मैं मुरथल पहली बात पराँठे खाने के लिए गई। मुझे तो ये भी नहीं पता था कि जिसकी टेबल पर बैठ कर मैं खाना खा रही हूँ, वो उसी शालीमार की है। पता तो हम दोनों को तब चला जब उसने मुझे और मैंने उसे देखा। तब वो बोला कि उसने मुझे पहले भी कहीं देखा है। उसी वक्त मुझे ये एहसास हो गया कि अब मुझे इससे बचना है। बस मैंने वही किया और उसे चकमा देकर उसके सामने से निकल गई और बच गई।

बबल: लेकिन वो आपको कैसे जानता है?

कमली: मैं एक आदिवासी परिवार से हूँ। मैं झारखंड में खेतों में काम करती थी और उसके एवेज में मुझे हर रोज थोड़ा सा अनाज और 100 रुपए मिलते थे। मेरे पिता जी कोई काम नहीं करते थे और दिन भर शराब के नशे में रहते थे। मेरी माँ नहीं है, बस इसी तरह से हमारा गुजर बसर होता था। ये शालीमार के साथ तीन और लोग भी थे। ये लोग झारखंड आए थे। मैं हर रोज अपने पिता को 20 रुपए देती थी ताकि वो दारू पी सकें और घर में हल्ला ना करें। एक दिन उन्होंने मुझसे कहा कि तू कहीं और जाकर काम कर लेकिन मुझे पैसे ला कर दे। उस दिन उनके पेट में बहुत दर्द हो रहा था, क्योंकि उन्होंने 2 दिन से दारू नहीं पी थी। मैंने कहा कि मेरे लास्ट पापर्स हैं, मैं कहीं और जा कर काम नहीं कर सकती। आप कहीं जा कर काम कर लो, वरना भीख माँग लो। वो नाराज़ हो कर घर से बार में चले गए।

बार में

पिता: मेरी बात सुनो छन्नों। आज मेरी बेटी ने मुझे पैसे नहीं दिए। साली कहती कि कहीं और नौकरी नहीं करेगी। आज तू मुझे पिला दे, मैं बाद में तेरा हिसाब चुकता कर दूँगा।

छन्नों: अबे वो बेवड़े, साले अपनी बेटी को धंधे पर बिठा दे, फिर देख तेरे पास पैसे की बारिश हो जाएगी। चल फुट यहाँ से, तेरे जैसे पता नहीं कितने आते हैं, मुफ़्त में दारू पीने को। जा भाग जा यहाँ से, नहीं तो मार मार के भगा दूँगी यहाँ से। अबे वो पहलवान, फैंक इस बेवड़े को बाहर।

कमली: ये सब नाटक वहाँ खड़ा हुआ पिता जी का एक दोस्त भी देख रहा था। वो तुरंत वहाँ से भाग कर मेरे पास आया और मुझे सारी आप बीती बता दी। उसकी बात सुनकर मुझे पिताजी पर तरस आ गया और मैं भागी भागी उस बार पर पहुँची। ये सब वो साला शालीमार बैठ हुआ

देख रहा था। वो उस समय अपने आदमियों के साथ बैठ कर शराब पी रहा था। उसने सब कुछ देखा, कैसे उस वेटर ने पापा को गेट के बाहर धक्का दिया आर कैसे उन्हे गाली दी। उसे वक्त उसे पापा पर तरस आ गया और उसे उसने उन्हे वहाँ से उठाया कर अपने साथ बिठा लिया और बोला

शालीमार: क्या हुआ, दारू पीनी है? चलो कोई बात नहीं आज हमारी तरफ से पियो। वेटर, इनका आज तक का सारा उधार चुकता कर दो, और सब मेरे खाते में डाल दो।

बेवडा पिता: हाँ साहब, आप मुझे दारू पिला दो। आज मुझे मेरी बेटी ने पैसे नहीं दिया। आप जानते हैं कि वो खेतों में घाँस खोद कर पैसे कमाती है। उसे अपनी पढ़ाई भी छोड़ दी है, मगर वो मुझे पैसे नहीं देती। वो काफी बड़ी हो गई है, उसकी उम्र शादी के लायक भी हो गई है। उसका नाम कमली है। आप हमको दारू पिलाया हमारा उधार चुकता किया। आपका शुक्रिया। आप जो कहोगे, हम करने के लिए तैयार हैं।

शालीमार: बाबा, हम तो इधर शादी बनाने के लिए आया है, अगर कोई अच्छी लड़की है तो बोलो, खूब पैसे देंगे।

कमली: इतनी बात हुई थी कि मैं वहाँ पहुँच गई और मैं बाबा का हाथ पकड़ कर उन्हे घर ले जाने के लिए कहने लगी। मगर, वो शालीमार का हाथ पकड़ कर बैठ गए और बोले

पापा: चलो साहब आप मेरे साथ मेरे घर चलो, हम वहीं चल कर बात कर लेंगे और सौदा भी पक्का कर लेंगे।

कमली: शालीमार ने बाबा और मुझे जबरदस्ती एक टैक्सी में बिठाया और अपने आदमियों के साथ हमारे साथ हमारे घर आ गया और घर आ कर खाने पीने का प्रोग्राम बना लिया। उसके बाद उसने मुझे 1000

रुपए दिए और कहा कि मटन और चावल लेकर आओ और उसकी बिरयानी बना कर सबको खिलाओ। मैं उससे रुपए लेकर बाज़ार सामान खरीदने के लिए चली गई और पीछे से उसने बाबा को अपने जाल में फंसा लिया। उसने बाबा को एक पेटी शराब दी और कहा कि आप किसी बात की चिंता मत करो। मैं आपकी बेटी से शादी कर लूँगा, और साथ ही साथ उसने वो बैग खोल कर बाबा को दिखाया, जिसमें 3 लाख रुपए थे। उसने कहा कि ये सब आपके हो सकते हैं, यदि आप अपनी बेटी की शादी मेरे साथ कर दो तो। जब ये पैसे और शराब खत्म हो जाए तो मुझे फोन करना मैं और भेज दूँगा। बाबा उसकी बात सुनकर पागल हो गए और एक किस्म से उन्होंने मुझे शालीमार के हाथ बेच दिया। मैं बाज़ार से वापिस आई तो मैंने देखा कि वो सब मिलकर शराब पी रहे हैं। मैंने उन सबके लिए खाना बनाया और खिलाया। खाना खाने के बाद बाबा मुझे एक कमरे में ले गए और बोले

बाबा: ये देख इस बैग में पूरे 3 लाख रुपए हैं। ये जो शालीमार है, ये बहुत ही धनवान आदमी है। तू एक काम कर इससे शादी कर ले। ऐसा मौका फिर नहीं मिलेगा। तू एक काम कर आज रात इनको खुश कर दे।

कमली: मैंने जब वो बैग देखा तो उसके अंदर 3 लाख रुपए के साथ साथ 2 रिवॉल्वर और गोलियाँ भी थी। मैं समझ गई कि ये लोग अपना मकसद पूरा करके हम दोनों को गोली मार देंगे और यहाँ से रफूचक्कर हो जायेंगे। सबसे पहले मैंने उन पैसों और रिवॉल्वर को अपने कब्ज़े में किया और उसे छत के ऊपर एक सुखी टंकी में छुपा दिया। उसके बाद वही हुआ जिसका मुझे डर था। शालीमार ने मुझे अपने पास बुलाया और अपनी जांघों पर बिठा लिया और मुझे शराब पिलाने को कहा। मैंने उस दिन स्कर्ट पहनी हुई थी, वो पाँचों आदमी मेरी टांगों की तरफ घूर रहे थे। मैं समझ गई कि आज ये लोग मुझे अपनी हवस का शिकार

बना कर ही छोड़ेंगे। मेरे बाबा भी शालीमार का ही समर्थन कर रहे थे और मुझे कह रहे थे कि कोई बात नहीं ये तेरा होने वाला पति है, आज रात तू इसे खुश कर दे, कल सुबह मैं तुम्हारी शादी करवा दूँगा। मैं उस समय उनके जाल में फंस चुकी थी। मगर मैंने अपना सैयम नहीं खोया और मैंने शालीमार को कहा कि अगर मैं आज रात तुम पाँचों को खुश कर दूँ, तो उसमें मेरा क्या फायदा होगा? इस पर शालीमार ने मुझे कहा कि वो मुझे अपनी रानी बना कर रखेगा। उसने कहा कि उसने मेरे बाबा को 3 लाख रुपए दिए हैं। मैंने कहा कि वो तो मेरे बाबा को मिले हैं, असली मज़ा तो मैं देने वाली हूँ, मुझे तुम क्या दे सकते हो?

मेरे ऐसा कहने पर सब मुझे अपनी ओर खींचने लगे। तब मेरे दिमाग में एक तरकीब आई और मैंने कहा कि तू तो मुझे कुछ भी नहीं दे सकता। तू तो एक फक्कड़ है। इस पर शालीमार थोड़ा आग बबूला हो गया और मुझे उसने एक ज़ोर से थप्पड़ मार और बैग से 2 लाख रुपए और एक रिवॉल्वर निकल कर मुझे दी और बोला कि ये सब तेरा है। इस पर मैंने उसे कहा कि तेरे पास कितनी गन हैं। अभी एक तो तूने बाबा को दी। तो उसने कहा कि अब समझ आया कि मेरा क्या धंधा है? साली मैं तो दिल्ली का डॉन हूँ। मैंने तेरे बाप को बंदकों का धंधा करने के लिए सैम्पल दिया है। अब ये मेरे लिए यहाँ झारखंड में बंदूकें बेचेगा। समझी तू। मैं उस वक्त सब समझ चुकी थी, और इस समय वो मुझे खा जाने वाली नज़रों से देख रहा था। मैंने उससे कहा कि आज कि रात रुक जाओ, आज मैं तुम्हारे लायक नहीं हूँ। कल सुबह नहा धो कर सबसे पहले मंदिर जायेंगे, वहाँ तुम मुझसे शादी कर लेना, फिर मैं हमेशा के लिए तुम्हारी हो जाऊँगी। पता नहीं क्यों वो मेरी बात पर यकिन कर गया और उसने मुझे छोड़ दिया और कहा कि मैं उनको कल सुबह 5 बजे उठा दूँ।

मैं वहाँ से अपने बाबा के कमरे में आ गई, जहाँ वो बैठ कर दारू पी रहे थे। मैंने उनके हाथ से बोतल छीन ली और उनकी शराब की पेटी को भी अलमारी के पीछे छुपा दिया। उसके बाद में बाबा के पास आई और उन्हे कहा कि ये लोग ठीक नहीं हैं। ये लोग मुझसे अपना मतलब निकल कर मुझे कहीं और बेच देंगे। इसलिए मैं कुछ दिनों के लिए अपना घर छोड़ कर कहीं जा रहीं हूँ, आप अपना खयाल रखना।

मेरी बात सुनकर बाबा बोले कि तू सही कह रही है। तू यहाँ से चली जा, मैं इन सबको देख लूँगा। मैंने वहाँ से अपने सारे कपड़े और पैसे आदि लेकर वहाँ से पास के गाँव में अपने रिश्तेदारों के यहाँ चली गई। उनको मैंने आधी बात ही बताई। अगले दिन सुबह जब मैं वापिस अपने गाँव पहुँची तो मुझे पता चला कि कल रात ज़्यादा दारू पीने के वजह से मेरे बाबा चल बसे हैं। उन्हे मृत पा कर शालीमार और उनके आदमी वहाँ से फरार हो चुके थे। मैंने देखा कि पुलिस मेरे घर पर आई हुई थी। मैंने सारी बात पुलिस को सच सच बता दी। पुलिस ने मेरी बात सुनकर शालीमार और उसके आदमियों पर मेरी एफ आई आर की वजह से मुकदमा ठोक दिया और उसे झारखंड से भगोड़ा घोषित कर दिया। झारखंड की पुलिस आज भी उसकी तलाश में है। पुलिस ने मुझे चश्मदीद गवाह बना लिया और मुझे भी शालीमार की खोज करने कि इज़ाजद कोर्ट से मिल गई, क्योंकि सिर्फ मैं ही उसक चेहरा पहचानती हूँ। इसलिए, मुझे अपने पापा की मौत का बदला लेने के लिए शालीमार की तलाश है और उसे मेरी जान लेने के लिए।

बबल और पाठक: लेकिन बहन क्या आपको अपने पापा की मौत का पता चला कि वो कैसे हुई, वो तो रोज़ शराब पीते थे, फिर शराब से कैसे मर गए।

कमली: आप सही कह रहे हो, उनकी मौत शराब की वजह से नहीं हुई बल्कि शराब के नशे में होने से उनका गला दबाने से हुई है। इस बात

का पता मुझे तब चला जब पुलिस ने मुझे पोस्टमार्टम की रिपोर्ट दिखाई। इन लोगों ने मेरे बाबा को मारा है। मैंने इनको नहीं छोड़ूँगी।

बबल: मगर, आप अकेले इन गुंडों को कैसे सबक सिखाओगी। आप चिंता मत करो हम आपके साथ हैं।

कमली: मैं जानती हूँ, आप दोनों मेरे साथ हैं और मैं इस बात के लिए आपकी शुक्रगुजार हूँ। बस आप लोग किसी तरह से ये पता मत चलने देना कि आप दोनों मेरे साथ हूँ। वैसे तो मैं अकेली ही काफी हूँ, इन सब के लिए। मुझे इन सबकी तय तक जाना होगा।

उधर शालीमार के दिमाग में ये चल रहा था कि ये लड़की अकेली नहीं है, बल्कि इसके साथ पूरा गैंग है। कमली ने रात को 12 बजे होटल के बाहर जा कर रेल्वे स्टेशन के बाहर से शालीमार को फोन किया।

कमली: हैलो, कौन शालीमार?

शालीमार: हाँ शालीमार बोल रहा हूँ, मगर अभी रात हो गई है, कल बात करना।

कमली: फोन काटने की गलती मत करना, वरना सारी रात सो नहीं पाएगा।

शालीमार: अबे बोले कौन रही है, है कौन तू?

कमली: साले, कुत्ते अपनी बहन की आवाज़ ही नहीं पहचानता। साले, जिस लड़की के साथ तू इस वक्त है, तू जानता है वो कौन है?

शालीमार: कौन है वो?

कमली: ये बता कि तेरे भाई का क्या नाम है, जो देहरादून में सिमेन्ट का काम करता है?

शालीमार: ये बता तू तो झारखंड की है, फिर तुझे ये कैसे पता कि मैं दिल्ली में हूँ और मेरा भाई देहरादून में है? मुझे मालूम है कि तेरा भी एक गैंग है। एक काम कर मेरे साथ मिल कर काम कर, पूरे 15% का पार्टनर बना दूँगा।

कमली: अबे साले, कुत्ते, मुझे मालूम है कि तुझे तेरा घर छोड़े हुए 20 साल हो चुके हैं। अब मेरी बात ध्यान से सुन। अपने उस पिल्ले जग्गू से पूछ कि वो इस लड़की का कहाँ से उठा कर लाया है, जो अभी तेरी हम बिस्तर हो रही है।

शालीमार: तुझे क्यों जलन हो रही है। तू ही बता दे, कौन है वो? नहीं तो तू भी आजा मेरे पास, सारा चक्कर ही खत्म हो जाएगा।

कमली: सुन बे हराम की औलाद, ये लड़की जो इस वक्त तेरे बिस्तर पर नंगी पड़ी हुई है, उसका नाम भी जानता है तू?

शालीमार: हाँ उसका नाम रमिया है।

कमली: वो रमिया नहीं बल्कि कविता है। ये भी जान ले की वो अभी सेकंड ईयर में पढ़ती है।

शालीमार ये सब सुनकर चौंक गया और उसने गुस्से से फोन काट दिया और रमिया की तरफ बड़ा।

शालीमार: तेरा नाम क्या है, सही से बता।

रमिया: जी मेरा नाम रमिया है, प्यार से लोग मुझे कविता कहते हैं।

ये सुनकर तो जैसे शालीमार के पैरों से ज़मीन खिसक गई। वो सोचने लगा कि उसे मेरे बारे में इतनी जानकारी कहाँ से मिल रही है। उसने गुस्से में फिर से उसी नंबर पर फोन किया, जहाँ से वो फोन आया था। उधर कमली तो जैसे उसकी के फोन का इंतजार कर रही थी। उसने एक घंटी बजते ही फोन उठा लिया और बोली

कमली: क्यों बे साले, आ गया ना ऊँट पहाड़ के नीचे। बोल क्यों फोन किया तूने?

शालीमार: तू है कौन और क्या चाहती है?

कमली: मैं तो तुझे बर्बाद करना चाहती हूँ, और वो मैं कर के रहूँगी। मैं तेरा जीना हराम कर दूँगी। साले मैं तेरा खून पीने के लिए उतारू हूँ, साले मेरे बाप के कातिल शालीमार।

शालीमार: ओह, अब समझ आया कि तू कौन है। तू उस भिखारी की लड़की है कमली। देख मैंने तेरे बाप का कत्ल नहीं किया है। वो तो खुद ही ज्यादा दारू पी कर मर गया था। वैसे भी मुझे तेरी ही तलाश थी, तू मेरे काफी पैसे ले कर भाग गई थी, अब मैं तुझ से वो सब वसूल करूँगा।

कमली: सुन बे कुत्ते। तूने ठीक पहचाना मुझे। मैं वहीं हूँ। मैं तुझे अपने बाप के मर्डर का बदला लेने के लिए ढूंढ रही हूँ और तू मुझे अपनी रखेल बनाने के लिए। तुझे तो मैं फाँसी लगवा कर ही दम लूँगी। तेरे पीछे तो पूरी झारखंड की पुलिस भी लगी हुई है।

शालीमार: झारखंड की पुलिस मेरा कुछ बिगाड़ नहीं सकती। उनके पास कोई सबूत नहीं है कि तेरे बाप का कत्ल मैंने किया है। उनके पास कोई गवाह नहीं है।

कमली: तू सही कह रहा है। क्योंकि उस दिन सिर्फ मैंने और मेरा बाबा ने ही तुझे देखा था। बाबा तो अब रहे नहीं, मगर मैं पुलिस के लिए चश्मदीद गवाह बन जाऊँगी। बाबा की पोस्टमार्टम में साफ लिखा गया है कि उनकी मौत गला दबाने से हुई है। उनके गले पर तेरी उंगलियों के निशान भी उनको मिल चुके हैं।

शालीमार: ये कोई जरूरी नहीं है कि वो निशान मेरे ही हों।

कमली हँसते हुए: अबे ओ घोंचू। तूने खुद मुझे उस बात का सबूत दिया है कि वो निशान तेरे ही हैं।

शालीमार: मैंने कब दिया?

कमली: जब तू पहली बार मुझे मुरथल के होटल में मिला था, और तू जब मुझे पहचानने की कोशिश कर रहा था। तब तूने मेरे टेबल पर रखा हुआ पानी का ग्लास उठाया था और झट से पानी पी कर रख दिया था। मैंने उस वक्त चतुराई से वो ग्लास अपने कब्ज़े में कर लिया था। मैंने तो उस पर आई तेरी उंगलियों के निशान का जांच भी करवा ली है और उसे सी बी आई लबरोटरी भेज कर उसकी पुष्टि भी कर ली है कि बाबा के गले पर मिले निशान और ग्लास पर मिले निशान एक ही हैं। उसकी फाइल बना कर मैं कोर्ट में पेश कर चुकी हूँ।

शालीमार: उससे कोई फर्क नहीं पड़ता। जहाँ 58 केस चल रहे हैं, वहाँ एक और सही।

कमली: एक बात और सुन कर अपनी टेंशन बड़ा ले। वो लड़की जिसे तू अपनी हवस का शिकार बना रहा है। वो देहरादून की रहने वाली है और उसकी रिपोर्ट लापता के लिए पुलिस के पास दर्ज है। तेरे आदमी उसे जब स्टेशन से ला रहे थे, तब मैंने उनकी फोटो खींच ली थी, वो भी मेरे पास है। तू तो ये भी नहीं जानता जिसे तू बहला फुसला कर अपनी

हवस का शिकार बना रहा है, वो है कौन? मैं बताती हूँ। वो तेरे भाई की ही बेटी है, तो एक किस्म से तेरी ही बेटी हुई। अबे साले शर्म कर। लेकिन एक किस्म से ये अच्छा ही हुआ। अब तुझे पता चलेगा कि कैसे किसी की बेटी की इज़्ज़त लूटी जाती है।

कमली की ये बात सुनकर शालीमार के होश उड़ गए और उसने अपने गुर्गों को बुलाया जो उस लड़की को उसके पास ले कर आए थे। कुछ देर के बाद उसके गुर्गे उसके पास पहुँच गए

टीटू और राजू : जी बॉस, अपने हमको याद किया।

शालीमार: हाँ, क्या तुमको वो झारखंड वाली लड़की याद है?

टीटू और राजू: जी बॉस याद है। मगर वो तो झारखंड में है ना?

शालीमार: नहीं, वो इस वक्त दिल्ली में है और मैं उससे मिल चुका हूँ। उसको हमारी हर बात की खबर है कि हम किस वक्त क्या कर रहे हैं?

टीटू: बॉस मैं समझ गया। आपका काम हो जाएगा। आप बस उसका पता बता दो, बाकि हम संभाल लेंगे, आज उसका खेल खत्म हो जाएगा।

शालीमार: अगर उसे मारना होता, तो मैं कब का मार चुका होता। मैंने तुमको ये करने के लिए नहीं बुलाया।

टीटू: तो फिर बॉस?

शालीमार: ये बताओ कि जिस लड़की को तुम मेरे पास ले कर आए थे, क्या तुम जानते हो उसका असली नाम क्या है? वो रमिया नहीं कविता है।

राजू: बॉस बात क्या है, आप कुछ परेशान लग रहे हैं।

शालीमार: मेरी बात ध्यान से सुनो। ये समझ लो कि तुम उस लड़की को कभी नहीं मिले। तुम उसको शाम को ब्लैक शीशे वाली गाड़ी में बिठा कर वहीं छोड़ आना जहाँ से तुम उसे उठा कर लाए थे। समझे मेरे बात? अब तुम लोग जाओ और ठीक पाँच बजे उसे लेने आ जाना।

शालीमार वहाँ से उस कमरे में गया, जहाँ रमिया उर्फ कविता लेटी हुई थी। शालीमार ने उसे उठाया और कहा

शालीमार: सुनो रमिया, ये 1 लाख रुपए अपने पास रख लो। एक बाद याद रखना कि हमारे बीच जो भी हुआ, उसका जिक्र कभी किसी से नहीं करना। मैं अभी जा रहा हूँ, क्योंकि मेरी चीन की फ्लाइट का टाइम हो रहा है। तुमको सुबह पाँच बजे एक कार में बिठा कर वहीं छोड़ आएंगे, जहाँ से तुम्हें ले कर आए थे।

इतना कह कर शालीमार कमरे से बाहर चला गया। अगली सुबह ठीक पाँच बजे काले शीशे वाली गाड़ी आ गई और उसमें रमिया को बिठा कर देहरादून की ओर रवाना हो गए। रास्ते में वो उसे नाश्ता खिला कर ले गए। उसके बाद उन्होंने रमिया को उसके स्कूल के आगे छोड़ दिया। रमिया बहुत ही सहमी हुई थी। वो वहाँ से झटपट अपने घर की ओर गई और घर जा कर उसने सब कुछ अपने घर वालों को बता दिया। उसके माता पिता ने उसे बड़े प्यार से अपने पास बिठाया और उससे एक एक बात पूछने लगे। लड़की के पिता बहुत समझदार थे। वो समझ गए कि लड़की सहमी हुई है, क्योंकि वो पूरे दो महीने के बाद घर वापिस आई थी। इस दौरान उन्होंने पुलिस में भी गुमशुदा की रिपोर्ट कारवाई थी। उन्होंने सोचा कि अब जब लड़की घर आ चुकी है तो उन्हे पुलिस को सूचना दे देनी चाहिए। ये सोच कर वो पुलिस स्टेशन पहुँचे।

लड़की के पिता: साहब नमस्ते।

थानेदार: जी नमस्ते। माफ कीजिए, मगर अभी तक आपकी लड़की का कुछ पता नहीं चला है।

लड़की के पिता: जी मैं आपको यही बताने के लिए आया हूँ कि लड़की वापिस घर आ गई है, मगर बहुत डरी हुई है, कुछ बोल नहीं रही।

थानेदार: ये तो अच्छी खबर है एक काम करो कि आप एक एप्लीकेशन दे दो और उसमें लिख दो कि लकड़ी घर वापिस आ गई है, ताकि हम इस केस को यहीं बंद कर दें।

लड़की के पिता: जी ठीक है, मैं अभी एप्लीकेशन लिख देता हूँ।

वहाँ से वो अपने घर आ गए। सब कुछ ठीक ठाक चल रहा था। फिर एक दिन अचानक लड़की के पेट में बहुत तेज़ दर्द हुआ। उसकी माँ उसे एक लेडी डॉक्टर के पास ले गई। डॉक्टर ने चेक किया तो पता चल कि कविता पेट से थी। डॉक्टर ने कविता की माँ को सब कुछ बता दिया। माँ उसे घर वापिस लेकर आ गई। कविता ने जब अपनी माँ से पूछा कि डॉक्टर ने क्या कहा है तो उसने कह दिया कि उसे गैस हुई है। तभी वहाँ कविता के पिता आ गए और बोले

कविता के पिता: अरे कविता की माँ, क्या कहा डॉक्टर ने, सब ठीक तो है?

कविता का माँ: आप जरा धीरे बोलिए और यहाँ बैठ जाइए। जा बेटी कविता तू अंदर जा कर आराम कर ले।

कविता के पिता: अरे मगर बात क्या है, इतना छुपा क्या रही हो?

कविता की माँ: अब क्या कहूँ आपको, मैंने तो ये बात अभी तक कविता को भी नहीं बताई है। वो पेट से है और माँ बनने वाली है।

कविता के पिता ने जब ये सुना तो वो गुस्से में लाल पीले होने लगे। वो कविता के कमरे में गए और उसे गुस्से से बोले

कविता के पिता: अब यहाँ बैठ कर आँसू क्या बहा रही है। सच बता तू कहाँ गई थी और किसके साथ अपना मुहँ काला करवा कर आई है। तू माँ बनने वाली है। सच सच बता किसका पाप है तेरी कोख में?

अपने पिता की ये बात सुनकर वो हैरान रह गई और बोली

कविता: पिता जी, मुझे तो यहाँ से अगवा करके दिल्ली ले गए थे। वहाँ उन्होंने मुझे एक ऐसे कमरे में बंद करके रखा था, जहाँ से मैं बाहर देख भी नहीं सकती थी। मुझे वो लोग बंदूक की नोक पर हम बिस्तर होने के लिए कहते थे। फिर एक दिन किसी का फोन आया तो वो अचानक से डर गया, और मुझे रात को एक बजे उठा कर ये पैसे दिए और मुझे गाड़ी में बिठा कर हमारे स्कूल के बाहर छोड़ गए। मुझे वो पूरे रास्ते धमका रहे थे कि इस बात का जिक्र मुझे किसी से भी नहीं करना है। अगर मैं ये बात किसी को बताई तो वो मुझे और मेरे पूरे परिवार वालों को मार डालेंगे। जिस आदमी ने मेरे साथ ये काम किया है उसने मुझे कहा था कि उसे चीन जाना है, और इसलिए वो मुझे मेरे घर वापिस भेज रहा है। मुझे बस इतना ही पता है।

कविता कि माँ ने अपने पति को गुस्से से कविता पर झल्लाता हुआ देखा तो वो उसे बाजू से खींच कर एक ओर ले आई और बोली

माँ: आप क्या कर रहे हो, थोड़ा धीरज से काम लो। अभी तक ये बात किसी को पता नहीं है, मगर जैसे आप चिल्ला रहे हो, ऐसे तो पूरे गाँव में खबर फैल जाएगी। हमारी बदनामी हो जाएगी। लड़की डरी हुई है,

उसे थोड़ा शांत होने दीजिए। हम कुछ ना कुछ हल निकाल लेंगे।

कविता की माँ की बात सुनकर उसके पिता का गुस्सा थोड़ा ठंडा हुआ और वो कमरे के बाहर चले गए। उनके जाने के बाद माँ ने कविता से कहा

माँ: देख बेटी, तो अभी घर से बाहर मत जाना और घर पर रह कर ही थोड़ा साफ सफाई कर लेना, उससे तेरा मन बहल जाएगा। अब तू मुझे सच सच बता दे कि ये किस का पाप है। अगर तेरा किसी लड़के के साथ चक्कर चल रहा है, तो बोल दे। हम उसके माँ बाबा से बात कर के उसे शादी के लिए मना लेंगे। तू मुझे सब सच बता कि आखिर तेरे साथ हुआ क्या है?

कविता: माँ, उस दिन जब मैं स्कूल से बाहर आई थी तो बहुत तेज़ धूप थी। मैं बाहर खड़ी हुई पसीना पसीना हो रही थी। मेरे साथ मेरी क्लास की 3 और लड़कियाँ भी थी। हम लोग टेम्पो का इंतजार कर रहे थे। जीतने भी टेम्पो आ रहे थे, वो सब खचाखच भरे हुए थे। तभी हमारे पास एक कार आकर रुकी। उसमें 3 अधेड़ उम्र के लोग बैठे हुए थे। उनमें से एक कार से उतरा और मुझसे प्रेम नगर का रास्ता पूछने लगा। मैंने उसे रास्ता बता दिया। तभी मेरे साथ खड़ी लड़की ने कहा कि अंकल जी, हमको भी प्रेम नगर तक जाना है। हमको भी छोड़ देना। उन्होंने हम तीनों को कार में बिठा लिया। फिर कुछ दूर जाने के बाद पहली लड़की उतर गई और उसक बाद दूसरी। क्योंकि मुझे सिमेन्ट गोदाम तक आना था, सो मैं बैठी रही। रास्ते में उन्होंने एक जगह कार रोकी और सबके लिए कोल्ड ड्रिंक ले ली। मैंने पीने से मना किया और कहा कि मेरा घर पास ही में है, मैं घर जा कर पी लूँगी। मगर वो मुझे बार बार जबरदस्ती करने लगे और कहने लगे कि बेटी शर्माओं नहीं, गर्मी बहुत है, तू ठंडा पी लो। बस मैंने वही गलती कर दी। मुझे उस समय बहुत प्यास लगी थी, मैं उस समय ये नहीं सोच पाई कि मेरे

साथ कुछ गलत भी हो सकता है। मैंने जैसे ही वो ड्रिंक पिया तो उसे पीते ही मुझे 5 मिनट में बहुत गहरी नींद आ गई। जब मेरी आँख खुली तो मैंने अपने आप को एक आलीशान कमरे में कैद पाया। माँ, वो हर रात मेरे साथ बंदूक की नोक पर मेरे साथ कुकर्म करते थे और मुझे हर बार यही धमकी देते थे कि यदि मैंने ये बात किसी को बताई तो वो मुझे और मेरे घर वालों को खत्म कर देंगे। मैं बस इतना जानती हूँ कि उस आदमी को सब बॉस कह कर बोलते थे। जिस कमरे में मैं थी उस कमरे में कुछ 8 फुट ऊंची एक खिड़की लगी हुई थी। मुझे तो उसे जगह का नाम तक नहीं पता जहाँ मुझे रखा गया था।

लड़की की माँ ने उसके पिता को सब बात साफ साफ बता दी। उसकी बात सुनने के बाद उन्होंने यह फैसला किया कि इसका गर्भपात करवा दिया जाए। ये सोच कर वो लोग उसे डॉक्टर के पास ले गए। पहले तो डॉक्टर ने ऐसा करने से मना कर दिया, मगर जब उन्होंने अपनी मजबूरी बताई तो वो तैयार हो गई। उसने उसे खाने के लिए दवाइयाँ भी दी। उसने उनको कुछ दिनों के बाद लड़की को खाली पेट लाने के लिए कहा। तब तक कविता अपना घर का छोटा मोटा काम कर के टाइम पास कर रही थी। फिर एक दिन जब वो अलमारी की सफाई कर रही थी, तब उसको एक पुरानी फोटो की एलबम मिली, जो ब्लैक एण्ड व्हाइट थी। कविता फोटो देख रही थी कि तभी उसकी माँ कमरे में आ गई।

माँ: बेटा कविता, पहले खाना खा ले, फिर बाकि का काम कर लियो।

कविता: माँ, ये एलबम किसकी है?

माँ: अरे ये तो हमारी शादी की एलबम है। ये देख ये तेरी मौसी है, ये तेरे पिता के दोस्त हैं। ये तेरे मामा मामी हैं।

फिर कुछ 20 फोटो के बाद एक फोटो ऐसी आई जिसे देखकर कविता एक दम गुस्से में आ गई और बोली

कविता: ये कौन है माँ?

उसकी तेज़ आवाज़ सुनकर उसके पिता भी वहाँ आ गए और पूछने लगे

पिता: अरे किस की बात हो रही है? किसका नाम पूछ रही है ये?

कविता: ये कौन है पापा, जो आपसे साथ हाथ में शराब का गिलास पकड़ कर खड़े हुए हैं? क्या ये आपके दोस्त हैं?

पिता: अरे नहीं, ये तो तेरे चाचा हैं। इसे घर से गए हुए तो 15 साल हो चुके हैं, पता नहीं जिंदा है यां मर गया। हमारी बातचीत नहीं होती इससे, मगर तू इसे देखर इतने गुस्से में क्यों आ गई है?

कविता ने ये बात सुनकर उस फोटो पर थूक दिया। उसे ऐसा करता देख कर माता पिता दोनों को गुस्सा आ गया और वो उसे डांटने लगे

पिता: अरे पागल हो गई है क्या, क्या कर रही है?

कविता रोते हुए: हाँ पागल हो गई हूँ मैं। क्योंकि यही वो दरिंदा है जिसने हमको बर्बाद किया है। इसी ने हमारी इज्जत लूटी है। मैं इसको जिंदा नहीं छोड़ूँगी। अपने ही चाचा ने हमारी इज़्ज़त लूट ली। छी है इसपर। अगर मुझे पहले पता होता तो यां मैं इसका गला घोंट देती यां फिर खुद का।

पिता: वाह क्या नया बहाना लगाया है। अपना पाप छुपाने के लिए अब हमारे खानदान पर लांछन लगा रही हो। तूने अपने चाचा पर नहीं

बल्कि हमारे खून पर इल्ज़ाम लगाया है। पता नहीं किस जन्म का बदल बन कर पैदा हुई है तू मेरे घर में।

माँ: जी आप कैसे बात कर रहे हो। वो आखिरकार हमारी ही औलाद है। आप उसी को गलत कह रहे हैं।

पिता: तू कौन सा दूध की धुली है हरामज़ादी। मुझे तो लगता है कि तू सब जानती थी कि इसका किसी के साथ चक्कर चल रहा है। मुझे तो ये कविता भी तेरे किसी यार की ही औलाद लगती है। मुझे तो तुझपर भी शक है। तभी तेरे बाप ने तुरंत शादी करवा दी थी।

ये बात सुनकर कविता का माँ रोने लगी और कलपते हुए कहने लगी।

माँ: थोड़ी शर्म कर लीजिए। आप कैसी बात कह रहे हैं। अगर ये बात कविता के मामा को पता चल गई तो तेरे टुकड़े टुकड़े कर देंगे।

यह बात सुनकर कविता के पिता को गुस्सा आ गया और वो कहने लगा

पिता: साली, हरामज़ादी, कुतिया, तू ये सब बताने के लिए जिंदा बचेगी तब ना?

ये कहते हुए वो कविता की माँ को बालों से पकड़ कर घसीटने लगा। कविता ये सब कलेश देख रही थी। उससे अपनी माँ की ये हालत देखी नहीं गई और वो अपने पिता से बोली

कविता: बाबा, माँ को छोड़ दो, वरना अच्छा नहीं होगा। छोड़ो माँ को

पिता: तू चुप कर रंडी। तू क्या कर लेगी?

कविता: मैं पुलिस को बुला कर तुम्हारी और तुम्हारे भाई की सारी पोल खोल दूँगी। वो अपने आप तुम दोनों से सब कुछ उगलवा लेंगे।

कविता की बात सुनकर उसके पिता को और गुस्सा आ गया और वो बोले

पिता: आज पहले मैं तुझसे निपट लूँ तेरी माँ को उसके बाद ठीक करता हूँ।

कविता ने जब अपने पिता की बात सुनी तो वो भाग कर किचन में गई और वहाँ से दराती उठा लाई और बोली

कविता: अब आओ मेरे पास, आज मैं बाप बेटी के इस रिश्ते को ही खत्म कर देती हूँ।

कविता को इस रूप में देखकर उसकी माँ उसकी और लपकी और उसके हाथ से दराती छीनते हुई बोली

माँ: तेरी इतनी हिम्मत जो अपने पिता से इस तरह से ज़ुबान लड़ा रही है। अगर मारना ही है तो उस राक्षस को मार, जिसने तेरे साथ ये ये कुकर्म किया है। निकल जा इस घर से, और खबरदार जो इस घर में आ कर कभी अपना मनहूस चेहरा दिखाया तो। निकल जा अभी के अभी।

माँ से इस तरह के वचन सुनकर कविता एक दम शांत हो गई और चारों और सन्नाटा सा हो गया। अपने आप को थोड़ा संभाल कर कविता बोली

कविता: मुझे यूँ धक्के मारने की कोई जरूरत नहीं है। अभी थोड़ी देर में अंधेरा हो जाएगा, तो मैं निकल जाऊँगी। मैंने तो बाबा पर हाथ आपकी जान बचाने के लिए ही उठाया था, मगर जब किसी की माँ ही उसकी

दुश्मन हो जाए, तो कोई क्या करे। खैर, अब हम जा रहे हैं, और आज के बाद आपको अपनी शक्ल कभी नहीं दिखाएंगे। हम इसलिए थोड़ा रुक गए, ताकि आस पास वाले इस शोर को सुनकर कहीं पुलिस को ना बुला लें। अब हम जा रहे हैं और आप दोनों का नाम कभी अपने सपने में भी नहीं लेंगे, ताकि कभी भी आपकी इज्जत पर दाग ना लगे।

माँ: बेटी, कुछ पैसे लेती जाओ, तुम्हारे काम आएंगे।

कविता: एक रंडी को अपनी बेटी कह रही हो आप? आप हमारी चिंता मत करो, हमारे पास हमारी जमा की गुल्लक में पैसे थे, वो हमने ले लिए हैं। अब हम चलते हैं।

इतना कह कर कविता रात के अंधेरे में घर से निकल गई और सामने से आते हुए ऑटो को हाथ देकर रोक दिया और उसमें बैठ गई।

ऑटोवाला: बेटी कहाँ जाना है?

कविता ने उसकी बात का कुछ जवाब नहीं दिया, उसकी आँखों से गंगा जमुना बह रही थी। फिर कुछ देर के बाद ऑटोवाले ने फिर से वही प्रश्न किया कि कहाँ जाना है। मगर इस बात भी कविता कुछ नहीं बोली। अचानक ऑटो वाले ने रिक्शा रोक दिया।

ऑटोवाला: बेटी कहाँ जाना है, आगे तिराहा है, मैं किस और चलूँ?

कविता ने जब ये बात सुनी तो रोती हुई आवाज़ में बोली

कविता: फिलहाल आप हमको रेल्वे स्टेशन पर छोड़ दीजिए।

फिर कुछ देर के बाद रेल्वे स्टेशन आ गया।

कविता: बाबा कितने पैसे हुए?

ऑटोवाला: कोई बात नहीं बेटी, अपने बच्चों से कोई पैसे लेता है क्या?

कविता: आप इस बात पर मत जाइए, आज कल कोई किसी का नहीं होता। ये लीजिए, मेरे पास 20 रुपए छुट्टे है, आप ले लीजिए।

इतना कह कर कविता वहाँ से स्टेशन पर आकर एक बेंच पर बैठ गई और सोचने लगे कि आगे क्या किया जाए। वो सोच रही थी कि इस जिल्लत की ज़िंदगी जीने से अच्छा है कि यहीं ट्रेन के नीचे आ कर अपनी जान दे दूँ। वो अभी ये सोच ही रही थी कि उसे सामने से ट्रेन आती हुई नज़र आई। उसने अपने दुपट्टे को निकाला और उसे अपनी आँखों पर बांधने लगी। ये सब एक दूर खड़ा लड़का देखा रहा था और वो उसकी विडिओ भी बना रहा था। जब उसने उसे आपनी आँखों पर पट्टी बांधते हुए देखा तो वो समझ गया कि ये लड़की हो ना हो अपने घर से परेशान हो कर आत्महत्या करने वाली है। वो तुरंत उसके पीछे गया और अपनी सेल्फ़ी लेने का पोज़ करके उसके पीछे जा कर अपनी सेल्फ़ी लेने का नाटक करने लगा। जैसे ही ट्रेन का इंजन सामने आया तो कविता उठकर उसके आगे कूदने लगी कि तभी उस लड़के ने उसकी कमर में हाथ डाल और उसे पीछे खींच लिया। रात का वक्त था, इसलिए प्लेटफॉर्म पर ज़्यादा भीड़ नहीं थी, अत: किसी ने ये बात नोट नहीं की। उस लड़के ने उसे बड़े प्यार से उसे बेंच पर बिठया। कविता सीसीकियाँ भर कर रोने लगी और उस लड़के से बोली

कविता: आपने हमको क्यों बचाया? ये आपने अच्छा नहीं किया। आपको कैसे पता चला कि मैं इस ट्रेन के आगे कूदने वाली हूँ?

लड़का: जी पहले तो मैं आपसे क्षमा चाहता हूँ। वो इसलिए कि मैं काफी देर से आपके सामने वाले बेंच पर बैठ कर आपकी विडिओ बना रहा था। आपका सादगी भरा ये रूप, आपके कपड़े, मुझे बहुत भा गए थे और मैं ये सोच रहा था कि काश आपके जैसे लड़की मेरी ज़िंदगी में

होती। बस यही सोच कर मैं आपका विडिओ बना ही रहा था कि अचानक आपने अपनी आँखों पर पट्टी बांधनी शुरू की तो मैं समझ गया कि आप यां तो स्कूल से फेल हो गई हैं यां फिर आप अपने घर से झगड़ा कर के आई हैं। बस मैं आपके पास आ गया और मैंने आपको बचा लिया। अच्छा छोड़ो इन बातों को ये बताओ कि तुम्हारा नाम क्या है?

कविता: मेरा नाम जान कर तुम क्या करोगे। बस ये सोच लो कि मैं बेनाम हूँ।

लड़का: ओके, ठीक है, वैसे मेरा नाम पंडित जय किशन है और मैं यहाँ देहरादून में घूमने के लिए आया था, वैसे मैं दिल्ली का रहने वाला हूँ। वैसे आपकी जानकारी के लिए बता दूँ कि मैंने भी आप जैसी एक भोली भाली लड़की से प्यार किया था। वो हमारी जात की नहीं थी, मगर फिर भी मैंने उसे अपने दिल की गहराइयों से चाहा था। वो तो मुझसे शादी करने के लिए भी तैयार थी, मगर मेरे घर वालों ने मना कर दिया। उस वक्त मैं बहुत ही दुविधा में था कि अब क्या करूँ। इसी उधेड़बुन में मैंने सुनीता के घर वालों से बात कर ली। ये बात सुनकर वो भी नाराज़ हो गए, मगर मैंने उन्हे यकिन दिलाया कि मैं सुनीता से ही शादी करूँगा। यही सोच कर मैं सुनीता को लेकर अपने घर गया और अपने घर वालों से कहा कि मैं अगर शादी करूँगा तो सिर्फ सुनीता से। ये बात सुनकर मेरे घर वाले और भी ज़्यादा भड़क गए और मुझे बोले कि यदि मैंने जिद नहीं छोड़ी तो वो मुझे घर से निकाल देंगे और मुझे जायेदाद से बेदखल कर देंगे। उनकी ये बात सुनकर मैं थोड़ा जज्बाती हो गया और मैंने जोश में आ कर उनसे कह दिया कि मैं ऐसी दौलत को ठोकर मारता हूँ, जो मेरे प्यार के बीच में आ कर रोड़ा बन रही है। ये कह कर मैं घर से निकल गया और जा कर सुनीता से शादी कर ली। मेरी शादी होने के बाद मुझे रोटी की चिंता नहीं थी, क्योंकि मेरा सेल पर्चस का

अच्छा खास कारोबार था। सुनीता के घर वाले काफी अमीर थे, उनका ट्रांसपोर्ट का बिजनस था। कमसे कम 200 ट्रक तो उनके अपने थे। उन्होंने मुझे उनके साथ घर पर रहना का न्योता दिया। जब मैंने मना किया तो उन्होंने मुझे सोना चांदी, कार और एक फ्लैट भी ले कर दिया। हम दोनों बहुत खुश थे और एक साथ उस फ्लैट में रहने लगे। हम अच्छे दोस्तों की तरह रहने लगे। उसके बाद हमने कोर्ट में जा कर भी शादी कर ली। हम दोनों कभी कभी सुनीता के घर वालों से मिलने के लिए जाते थे। मैं हर रोज सुबह 10 बजे अपने काम के लिए निकल जाता था। मेरा काम ही कुछ ऐसा था कि मुझे वापिस आते आते देर हो जाती थी। लेकिन सुनीता हमेशा डिनर के लिए मेरी वेट करती थी और हम दोनों एक साथ डिनर करते थे। इस तरह से हम दोनों बहुत खुशी खुशी रह रहे थे। फिर जब हमारी शादी को 6 महीने गुजरे तो एक दिन सुनीता की तबियत खराब हुई, तो मैं उसे डॉक्टर के पास ले गया। वहाँ जा कर हमको पता चला कि सुनीता माँ बनने वाली है। डॉक्टर ने हमको हर हफ्ते चेकप कराने के लिए कहा। डॉक्टर की ये बात सुनकर मुझे थोड़ा अजीब लगा तो मैंने सुनीता को बाहर जाने के लिए कहा। जब सुनीता बाहर चली गई तब मैंने डॉक्टर से हर हफ्ते आने का कारण पूछा तो उसने मुझे बताया कि ये गर्भ पूरे 8 महीने का है और इसे नोवां महिना शुरू होने वाला है। मैं ये बात सुनकर हैरान हो गया कि अभी हमारी शादी को तो सिर्फ 6 महीने ही हुए हैं, तो ये गर्भ 8 महीने का कैसे हो गया। मुझे पूरा यकिन हो गया कि हो ना हो सुनीता से शादी के पहले कोई गलती हो चुकी है। मैंने सोचा कि हो सकता है कि किसी लड़के ने अपना मतलब निकाल कर उसे ऐसे छोड़ दिया होगा। इसमें सुनीता की कोई गलती नहीं होगी, यही सोच का मैंने उसे कुछ नहीं बताया और ये फैसला किया कि मैं इस बच्चे को अपना नाम दूँगा। यही सोच कर मैं बहुत खुश रहने लगा। फिर एक दिन जब मैं रात को घर आया तो मैंने बाथरूम में एक सिगरेट का टुकड़ा पड़ा देखा। मैंने सोचा कि मैं तो सिगरेट पीता नहीं हूँ, इसका मतलब मेरे पीछे से

कोई आया है। यही सोच कर मैं थोड़ा टेंशन में आ गया। मुझे टेंशन में देखकर सुनीता ने मुझसे मेरे परेशान होने का कारण पूछा। मैंने कहा कि मैं कल के बारे में सोच रहा था, क्योंकि कल मैं 2 दिन के लिए गुवाहाटी जा रहा हूँ, सोच रहा हूँ कि तुमको तुम्हारे घर छोड़ देता हूँ, नहीं तो तुम यहाँ अकेली बोर हो जाओगी। इसपर उसने तुरंत कहा कि नहीं मैं यहाँ 2 दिन आराम से काट लूँगी। मैंने कहा कि हो सकता है कि मुझे 3 दिन भी लग जाएं? तो इसपर भी वो बोली कि कोई बात नहीं आप काम पर ध्यान दो और मेरी फिक्र मत करो। मैं अगले दिन सुबह फ्लाइट पकड़ कर चला गया और एक दुसरे शहर से जाकर मैंने सुनीता को फ़ोन किया की मुझे ४ से ५ दिन भी लग सकते हैं। इसपर सुनीता ने कहा की वो अपने पिता के घर चली जाएगी आप वापसी में मुझे वहीं से ले लेना।

ये तय था की अब वो इस बात से निश्चित थी की मैं ५ दिन के लिए नहीं लौटने वाला, क्योंकि मैंने वो फ़ोन दुसरे शहर के लैंडलाइन से किया था। लेकिन मैं ३ दिने के बाद ही फ्लाइट पकड़ कर वापिस आ गया और तकरीबन 7.05 मिनट पर अपने घर पहुँचा, तो मैंने देखा की घर की लाइट जल रही है। मैंने सोचने लगा कि आखिरकार सुनीता घर की लाइट जला कर क्यों गयी। मैंने घर की चाबी से गेट खोलना चाहा तो मैंने देखा की डोर तो पहले से ही खुला हुआ है। मैंने दबे पाँव अंदर गया, सोचा की सुनीता सो रही होगी। लेकिन जब मैं अपने बेडरूम में पहुँचा तो देखा की शर्म की हर हद पार हो चुकी थी। सुनीता एक गैर मर्द के साथ नग्न अवस्था में उसके साथ लिपटी हुई सो रही थी। एक बार तो मेरा दिल किया कि मैं उन दोनों को गोली मार दूँ। मगर मैंने अपना धेर्य नहीं खोया, बल्कि मैंने अपना कैमरा अपने कमरे में वीडियो रिकॉर्डिंग स्टार्ट करके छुपा दिया, ताकि उनकी हर हरकत रिकॉर्ड हो सके, और मैंने जैसे दबे पाँव आया था वैसे हो बाहर चला गया। बाहर जाकर मैंने सुनीता को लैंडलाइन से फ़ोन किया और कहा

कि मेरा फ़ोन चार्जिंग पर लगा था तो मैंने लैंडलाइन से तुमको फ़ोन किया। मैंने उसे बताया कि मैं दिल्ली वापिस आ गया हूँ और एक घंटे में घर पहुँच रहा हूँ। मेरी बात सुनकर सुनीता थोड़ी चौंक गयी और बोली कि आप माँ के घर मत आईये, आप सीधा अपने घर आइये, तब तक मैं टैक्सी से घर चली आयूँगी। जब मैं दो घंटे के बाद अपने घर पहुँचा तो घर एक दम सजा हुआ था और मैडम, नहा धो कर एक दम तैयार हो कर बैठी हुई थी। मैंने प्यार से उसे कॉफ़ी लाने को कहा और अपने कमरे में जाकर अपना फ़ोन अपने कब्ज़े में कर लिया। मैंने देखा तो उसमें आधे घंटे का अश्लील वीडियो रिकॉर्ड हो चुका था। अभी मैंने उसे देखकर मोबाइल बंद ही किया था कि तभी मेरे मोबाइल पर सुनीता के पापा का फ़ोन आया। उन्होंने मेरा हाल चाल पूछा और मुझसे अपने घर आने के लिए कहा।

उन्होंने मुझे सुनीता के गर्भवती होने के बधाई भी दी। मुझे फ़ोन पर बात करता हुआ देखकर सुनीता आई और पुछा कि किसका फ़ोन है? जब मैंने उसे बताया कि ये उसके पापा का फ़ोन था और वो हम दोनों को घर आने के लिए कह रहे हैं, तो ये बात सुन कर वो थोड़ा नर्वस हो गयी और कहने लगी कि मैं अभी तो वहाँ से आयी हूँ। हम आज नहीं बल्कि फिर किसी दिन जायेंगे। लेकिन मैंने चलने पर ज़ोर दिया तो वो कुछ दूर जा कर अपने पापा से फ़ोन पर बात करने लगी और उनसे कहने लगी कि आप किशन से कह देना कि मैं आज ही आपके घर से गयी हूँ, मगर आपको किशन से मिलने की चाह थी, तो आपने हमको बुलाया है। जब उसके पापा ने उससे झूठ बोलने का कारण पुछा तो उसने उनसे कहा कि ये जब गुवाहाटी गए थे, तब कह गए थी कि मैं अकेली ना रहूँ और आपके पास चली जाऊँ। मैं आपके पास नहीं आयी, इसलिए कह रही हूँ, कि कहीं इनको बुरा ना लग जाये। उसके पापा ने भी इस झूठ में उसका साथ देने के लिए हामी भर दी। ये बात उसको पता नहीं चली कि मैंने उसकी ये बात भी सुन ली थी।

मेरा दिल बुरी तरह से टूट चुका था, मगर मैंने फिर भी स्थिति को समझते हुए अपने आप को संभाला और सुनीता के पिता के घर पहुँच गए। वहाँ जा कर हमारा बहुत आदर सत्कार किया गया। मेरी सास ने बहुत खुशी से मेरे लिए पनीर वाला पुलाव बनाया। बातों ही बातों में सुनीता के पिता ने मुझ से पुछा कि गुवाहटी का टूर कैसा रहा? क्या मैंने वहाँ की कुछ वीडियो बनाई है? मैंने कहा जी हाँ, बनाई तो है। तो सुनीता ज़िद करने लगी कि आप अपने फ़ोन को टीवी के साथ कनेक्ट करके मुझे और हम सबको वो वीडियो दिखाओ। मैंने कहा कि पापा आप अगर ये वीडियो देखेंगे, तो किसी का घर उजड़ेगा और किसी और का घर बसेगा।

इसपर उन्होंने पुछा कि किसका घर उजड़ेगा? तो मैंने कहा की मेरा। वो मेरी बात सुनकर चौंक गए! सुनीता कहने लगी कि पापा जब से ये टूर से वापिस आये हैं, तभी से ये कुछ उदास से लग रहे हैं, ऐसा लगता है कि जैसे इनका बहुत बड़ा नुक्सान हो गया हो।

सुनीता की बात सुनकर मैंने उससे पुछा कि तुमने मुझसे शादी क्यों की थी? इस बात को सुनकर पहले तो वो थोड़ा चौंकी और फिर बोली कि वो इसलिए, क्योंकि मैं तुम्हें सच्चा प्यार करती थी। मेरा दिल अंदर से रो पड़ा। मैंने उससे कहा कि मैंने तो तुम्हारे लिए अपने माता पिता, अपना घर बार सब छोड़ दिया था। सुनीता बोली हाँ मैं जानती हूँ कि आपने मेरे लिए सब कुछ छोड़ दिया था, इसीलिए तो मैं भी अपना घर छोड़ कर आपके साथ चली आयी। मैंने कहा कि सुनीता, क्यों इतना झूठ बोल रही हो? एक मयान में दो तलवारें नहीं रह सकती, अगर तुम जबरदस्ती करोगी तो मयान के दो टुकड़े हो जायेंगे। इस पर सुनीता ने कहा

सुनीता: तुम कौन सी फिल्म की स्टोरी सुना रहे हो, मैं कुछ समझी नहीं?

जय किशनः अच्छा, तुम कुछ समझी नहीं, तो ये बताओ कि कल रात तुम कहाँ थी?

सुनीता के पिताः बेटा ये तो पिछले 3 दिनों से हमारे साथ थी।

जय किशनः देखिए पापा, सुनीता, आप समझ नहीं रहे। अगर आप एक झूठ बोलोगे, तो उसको छुपाने के लिए आपको कई झूठ बोलने पड़ेंगे।

किशन की ये बात सुनकर सुनीता सोचने लगी कि कहीं इनको मेरे नाजायज़ संबंध के बारे में पता तो नहीं चल गया। दूसरे ने पल उसने अपने आप संभाला और सोचने लगी कि ये तो बाहर गए थे, हो सकता है ये मुझे आज़मा रहे हों, खुद को निडर करते हुए सुनीता बोली

सुनीताः आप कहना क्या चाहते हैं, साफ साफ कहिए।

सुनीता के पिताः हाँ बेटा, आप क्या कहना चाहते हैं, साफ साफ कहो। यदि सुनीता से कोई गलती हुई है, तो भी आप बेझिझक हमको बता सकते हो।

जय किशनः आप मेरे प्रश्न का उत्तर दीजिए कि यदि किसी से शादी के पहले कोई गलती हो गई हो, तो क्या उसे शादी के बाद भी करना चाहिए?

सुनीता और उसके पिताः बिल्कुल नहीं करनी चाहिए।

जय किशनः ठीक है, अब आप मेरे दूसरे प्रश्न का उत्तर दीजिए। हमारी शादी को हुए कितना समय हो चुका है?

सुनीता का पिताः बेटा 6 महीने हो गए।

जय किशन: बिल्कुल सही। तो आप मुझे ये बताइए कि अगर हमारी शादी को सिर्फ 6 महीने ही हुए हैं, तो सुनीता के पेट में पल रहा बच्चा 8 महीने का कैसे हो सकता है?

सुनीता का पिता: ये कैसा सवाल है? इसका उत्तर तो सिर्फ सुनीता ही दे सकती है!!

सुनीता: अगर आज आप मेरी इज़्ज़त मेरी ही माता पिता के सामने उतारने पर आ गए हैं। तो सुन लीजिए कि ये बच्चा आपका ही है। आपने मुझ से शादी के पहले शारीरिक संबंध बनाए थे, और इसी के लिए हमने शादी की थी।

जय किशन: कितना झूठ बोल रही हो तुम? मैंने कभी भी तुम्हारे साथ शादी के पहले शारीरिक संबंध नहीं बनाए थे। पापा, मैं तो इसके बच्चे को अपना नाम भी देने का सोच लिया था। इतना झूठ मत बोलो सुनीता।

सुनीता का मम्मी: बेटा, हम भी इज़्ज़तदार लोग हैं। आप हमरी बेटी पर बदचलन होने का इल्जाम नहीं लगा सकते। यदि वो कह रही है कि ये बच्चा आपका है, सो है।

जय किशन: आप लोग मेरी बात नहीं समझ रहे। खैर, सुनीता के प्यार की खातिर मैं उसे आज आज़ाद कर देता हूँ, मैं उससे डिवोर्स ले लूँगा। इसी में ही सब की भलाई है। मुझे लगा कि अब तो सुनीता सब सच सच बता देगी। लेकिन इसने तो उलट मुझ पर ही इल्जाम लग दिया।

सुनीता: तुम ये ठीक नहीं कर रहे हो। मैं तुमको कोर्ट में ले जाऊँगी, मैं तुम पर दहेज की माँग करने का आरोप लगाऊँगी।

जय किशन: तुम्हें तो सिर्फ मेरे पैसे से प्यार था, इसीलिए पिछले 6 महीने में तुमने पूरे 3 लाख रुपए उड़ा दिए। एक बात ध्यान से सुनो सुनीता, कोर्ट कचेरी का तो सवाल ही पैदा नहीं होता, क्योंकि हमने शादी कोर्ट में ही की थी, समाज के रीतिरिवाज से नहीं, तो तुम दहेज का झूठा आरोप नहीं लगा सकती। लेकिन फिर भी अगर तुम्हें पैसे चाहिए तो बोलो, मैं तुम्हें देने के लिए तैयार हूँ। अब आई बात तुम्हारे पिता जी की, जो उन्होंने मुझे दिया था, वो सब मैं अपने साथ ले कार आया हूँ, ये रही गाड़ी की चाबी, ये अंगूठी और ये रही चेन।

किशन की बात सुनकर सुनीता के मात पिता की आँखों से आँसू बहने लगे और वो दोनों एक साथ बोले

माता पिता: बेटा, आप जो ये सब कह रहे हो, उसकी कोई तो वजह होगी, कोई तो सबूत होगा आपके पास, जिससे ये साबित हो सके कि सुनीता दोषी है। हम भी ये जान सकें कि आखिर कार हमसे भी कहाँ गलती हुई है?

किशन: अगर आप सब लोग मुझे मजबूर कर रहे हैं, तो मैं आपको वो सबूत दिखाता हूँ, जिसे देखने के बाद शायद आप मेरी बात पर यकिन करेंगे।

ये कहते हुए किशन ने अपना मोबाईल टीवी से अटैच किया और रिकार्ड किया हुआ सुनीता का विडिओ प्ले कर दिया। उस विडिओ को देखने के बाद उसके माता पिता तो उस कमरे से ही चले गए। तब किशन सुनीता से बोला

किशन: अब बोलो क्या कहती हो? अब क्या हुआ शर्म से मुहँ नीचे कर लिया। क्या हुआ, अब कुछ बोलती क्यों नहीं? खैर, तुम क्या बोलोगी। मुझे तो उसी दिन शक हो गया था, जिस दिन मैं घर लेट आया था और

मैंने बाथरूम में दो सिगरेट के टुकड़े पड़े हुए देखे थे। पहले मैंने सोचा कि शायद तुमको कश लगाने कि आदत पड़ गई है, मगर फिर मैंने दूसरा टुकड़ा ध्यान से देखा, उस पर लिपस्टिक के निशान भी नहीं थे। मैं समझ गया था कि मेरी गैरमाजूदगी में, कोई तो यहाँ आता है। मैंने भी तुमको रंगे हाथों पकड़ने के लिए ये प्लान बनाया कि मुझे गुवाहाटी जाना है। तुमने सोचा कि मैंने तो अब पाँच दिन नहीं आऊँगा, क्योंकि वहाँ से वापिस आने के लिए ट्रेन में 3 दिन लगते हैं। मैंने जानबूझ कर तुमको वहाँ के लैंड्लाइन से फोन किया, ताकि तुमको यकिन हो जाए, और वही हुआ। लेकिन मैं अगले दिन सुबह 7 बजे की फ्लाइट पकड़ कर दिल्ली वापिस आ गया।

मैंने सोचा था कि आप तो अपने घर होंगी, सो मैंने अपनी चाबी से जब दरवाज़ा खोलना चाहा तो पता चला कि वो तो पहले से ही खुला हुआ है। पहले तो मुझे ये लगा कि घर में चोरी हो गई है, इसीलिए मैं दबे पाँव घर में आया, मैंने देखा के आप दोनों बे गफ़ील पड़े हुए हो। उसे देखकर मुझे बहुत गुस्सा आया, परंतु मैंने अपना सैयम नहीं खोया और अपने मोबाईल का कैमरा स्टार्ट करके अपने कमरे में ऐसी जगह लगाया कि जहाँ से सब कुछ साफ साफ रिकार्ड हो सके, और वहाँ से चला गया।

इतना सब होने पर भी मैंने सुनीता को माफ कर दिया और उससे कहा कि चलो मैंने तुमको माफ किया, अब उठो और अपने घर चलो। वो शर्म से पानी पानी हो रही थी। मैंने उसे किसी तरह से मना लिया और अपने घर ले आया और उसे जबरदस्ती खाना भी खिला दिया। मैं तो उसके बाद नॉर्मल हो गया, मगर उसके चेहरे की हवाइयाँ अभी तक उड़ी हुई थी, क्योंकि वो अपने जाल में खुद ही फंस चुकी थी। अगले दिन सुबह मैं 9 बजे उठा, मैंने सुनीता को आवाज लगाई, मगर उसने कोई जवाब नहीं दिया। मैंने सोचा कि हो सकता है कि वो बाथरूम में हो यां फिर बाहर दूध लेने गई हो। ये सोच कर मैंने एक और झपकी ले

ली। मैंने काफी थका हुआ था, अतः मुझे गहरी नींद आ गई। जब मैंने लगभग 11 बजे के करीब उठा और मैंने फिर से सुनीता को अवाज दी, तो तब भी उसका कोई जवाब नहीं आया, तो मैं उठ कर ड्रॉइंग रूम में गया। वहाँ जा कर देखा तो टेबल पर डिवोर्स पापर्स के साथ साथ एक लेटर भी पड़ा हुआ था। उसपर लिखा था कि आप देवता इंसान हैं, और मैंने आप के साथ बेवफ़ाई की है, इसलिए मैं आपसे आँख नहीं मिला सकती। अतः मैं जा रही हूँ। जब मैंने डिवोर्स पापर्स देखे तो उसपर भी सुनीता का साइन किये हुए थे। मैंने तुरंत ये बात सुनीता के घर वालों को बता दी। उन्होंने मुझे जवाब में कहा कि चलो अच्छा हुआ, अब वो हमारे लिए और तुम्हारे लिए मर चुकी है। अब तुम अपनी ज़िंदगी अपने तरीके से जी सकते हो। ये कह कर उन्होंने फोन काट दिया और उसके बाद मुझसे बात नहीं की। मैंने बहुत मुश्किल से खुद को संभाला और अपने आप को काम में झोंक दिया। फिर तकरीबन एक महीने के बाद मैंने एक दिन सुनीता के माता पिता के घर गया। उन्होंने उस दिन भी मुझे बहुत सत्कार से अपने घर खिलाया और पिलाया। मैंने पूछा कि सुनीता का कुछ पता चला?

सुनीता का पिता: देखो बेटा, जो उसने बोया था, वही उसने काटा है।

किशन: जी मैं कुछ समझा नहीं?

सुनीता के पिता: वो हुआ यूँ कि वो तुम्हारा घर छोड़ कर उस आदमी के पास गई, जिसके साथ उसने अपना मुहँ काला किया था और उसे जा कर सारी बात बता दी। उस आदमी ने उसे अपने घर रख लिया और कहा कि तुम चिंता मत करो मैं सब संभाल लूँगा। फिर कुछ दिन पहले उसके घर में एक पार्टी थी। जिसमें उसके बिजनस के पार्टनर्स भी आए हुए थे। उसने सुनीता से कहा कि यदि तुम इनको भी खुश कर दो तो हमको लाखों का फ़ायदा हो सकता है। उसने कहा कि वो कोई 8 – 10 लोग हैं। सुनीता ने पूछा कि वो तो ठीक है, मगर मुझे करना क्या

होगा? क्या मुझे खाना बनाना है? इस पर वो आदमी जिसका नाम कालू था, बोला कि नहीं उसका इंतजाम तो मैं होटल से कर दिया है। तुमको सिर्फ उनकी आओ भगत करनी है। इस पर सुनीता ने सोचा कि इसमें क्या है? मैं तो वैसे ही प्रेग्नेंट हूँ, मेरी दशा देखकर सब मुझसे ज़्यादा काम नहीं करवायेंगे । इसलिए उसने कालू को कह दिया कि ठीक है, आप जैसा कहोगे, मैं वैसा ही करूंगी। कालू उसे लालच देकर शॉपिंग करवाने ले गया और उसे गजब की 6 सेक्सी ड्रेसेस दिलवा दी, जिसमें से उसका अंग प्रदर्शन हो सके। उसके बाद वो उसको ब्यूटी क्वीन बनाने के लिए ब्यूटी पार्लर भी ले गया। कालू ने उसके सबसे पहले एक काली ड्रेस पहनने के लिए कहा जिसमें उसका जिस्म पूरी तरह से नग्न दिखाई दे रहा था। सुनीता उसकी बातों में आ कर हर वो काम कर रही थी, जो कालू उसे कह रहा था। फिर शाम को आठ बजे सब लोग उसके घर आ गए और पार्टी शुरू हो गई। सब दोस्त कालू को कहने लगे कि हमको माल तो दिखा, तो इस पर कालू उनसे दाम निकालने के लिए कहने लगा। उसके बाद कालू सुनीता के पास गया और बोला बाहर आओ और मेरे सभी दोस्तों का मनोरंजन करो और साथ ही साथ अपनी कामुक अदाओं से उनका मन बहलाओ। ये बात सुनकर सुनीता एक दम चौंक गई और बोली

सुनीता: ये कैसी बात कर रहे हो आप? आप को मेरी हालत पता है ना कि मैं प्रेग्नेंट हूँ।

कालू: साली, अगर तू एक दिन कुतिया बन जाएगी, तो तेरा क्या जाएगा, लेकिन उसके बदले में हमको लाखों का फ़ायदा होगा, जिससे हम पूरी ज़िंदगी आराम से काटेंगे।

सुनीता कालू की बात को मना ना कर पाई और उसने शराब के 9 गिलास भरे और उन्हे ट्रे में रख कर उसकी कामुक काली ड्रेस में उन सब के सामने आ गई। उसने सबको को अपने हाथों से जाम पकड़ाए

और साथ में कुछ काजू बादाम भी पेश किये और उसके बाद वो अंदर चली गई।

कालू: अब बोलो दोस्तों, क्या कहते हो? अब तुम सब मुझे अपना अपना दाम बताओ।

दोस्त: देखो कालू, लड़की तो एक दम पटाखा है। दाम तेरी मर्जी के लेकिन उसे इस्तेमाल हम अपनी मर्जी से करेंगे।

कालू: देखो, सबके पास वो एक घंटे से ज़्यादा नहीं रहेगी। उसमें तुमको जो करना है कर लेना, एक दम साफ सुथरा माल है, मेरी बीवी है ये समझ लो। लेकिन इसके लिए मुझे तुमको 2 लाख रुपए देने होंगे।

एक दोस्त: अरे सुन भाई, तू मुझ से 10,000 फालतू के ले, लेकिन मेरे पास उसे भेज दो और वो भी उसी काली ड्रेस में।

सुनीता ने कालू और उसके दोस्तों की बात सुन ली और वो कालू से बोली

सुनीता: तुमने तो मुझे बाजारू बना दिया है। मैं इनके साथ हम बिस्तर नहीं हूँगी। मैं तो समझी थी की तुम मुझसे सच्ची महोब्बत करते हो? लेकिन तुम तो एक नंबर के मतलबी निकले।

कालू: तुझसे प्यार कौन करेगा? जो अपने शरीफ पति की नहीं हुई, वो किसी और की क्या होगी? चली हारामज़ादी, अब बातें बनाना बंद कर और जल्दी से धंधे पर लग जा, नहीं तो आज तुझे जान से मार डालूँगा। तेरी हालत तो धोबी के कुत्ते जैसी होगी, जो ना घर का होगा ना घाट का। चल जल्दी जा कर उन सबके शरीर की प्यास बुझा दे। जल्दी कर।

सुनीता: कमसे कम मेरे पेट में पल रहे तुम्हारे बच्चे का ख्याल तो कर लेते।

कालू: चल साली। ना जाने किस किस का पाप लेकर घूम रही है अपने पेट में। साली नो सो चूहे खा कर अब बिल्ली हज को चल पड़ी। चल जल्दी से बैठ जा धंधे पर।

उधर से दूसरे कमरे से सब कालू को कहने लगे कि जल्दी भेज कालू, नहीं तो सारा नशा उतर जाएगा।

सुनीता बेचारी डर गई और कालू के कहने के अनुसार वो उन सबके पास चली गई। कई घंटों तक 8 आदमी उसके जिस्म को नोचते रहे। पता ही नहीं चला कि कब सुबह हो गई। सुनीता थक कर चूर हो चुकी थी। जब वो अगले दिन सो कर उठी तो कालू उसके बगल में ही बैठा था। उसे उठते हुए देख कर वो बोला

कालू: लो ये दो पेग व्हिस्की के पी लो, बची हुई थकान भी दूर हो जाएगी।

सुनीता: ला कुत्ते, ला आज सारी बोतल ही मुझे पिला दे।

कालू: आराम से मेरी जान, अभी तो आज की पूरी रात बाकि है। उतना ही पियो, जितना पी कर होश में रह सको। आज तो सिर्फ पाँच लोग ही आएंगे।

सुनीता: साले, कुत्ते, क्या तूने तेरी माँ से भी इसी तरह से धंधा करवाया था। साले भड़वे, तू पाँच क्या आज 20 भी ले कर आएगा, तू आज सबको ठंडा कर दूँगी।

कालू: अच्छा ये बात है, तो फिर तो मैं ग्राहकों की लाइन लगवा दूँगा।

सुनीता: तू जा, जितनी चाहे बुकिंग कर ले यार, वैसे भी आज मेरी आखरी रात है।

कालू ने सोचा कि सुनीता को दारू ज़्यादा चढ़ गई है। इससे पहले की वो कुछ कहता, तभी सुनीता बोल पड़ी

सुनीता: एक काम कर, अब तू जो मेरा दलाल बन ही गया है, तो जा मेरे लिए नवाब की दुकान से एक तंदूरी चिकन ले कर आ, तब तक मैं नहा धो कर रेडी हो जाती हूँ।

कालू को बाहर भेज कर वो उस पीक दान की तरफ देखने लगीं जहाँ उसने सारी दारू उड़ेल दी थी, और कालू को ऐसा लग रहा था, कि जैसे वो सारी शराब पी गई है। उसके जाने के बाद वो फूट फूट कर रोने लगी और अपने आप से कहने लगी।

सुनीता: जय किशन, मुझसे बहुत बड़ी गलती हो गई है, जो मैंने तुमको ठुकरा दिया। मैं तुम्हारी अपराधी हूँ। मैंने तुम जैसे देवता समान व्यक्ति के साथ छल किया, मगर तुमने फिर भी मुझे माफ करके अपना लिया। लेकिन मेरा भाग्य तो देखो, मैं आज किस स्थिति में हूँ। मैंने पाप किया है, और मुझे इस पाप की सज़ा भी मिलनी चाहिए। मुझे तो मेरे पेट में पल रहे बच्चे ने भी स्वप्न में आ कर कहा है कि मैं इस दुनिया में नहीं आना चाहता। मैं तुम्हारे साथ ही इस दुनिया को छोड़ दूँगा। ठीक भी है, वो इस दुनिया में आ कर करेगा भी क्या, कौन उसे अपना नाम देगा। मैं तो सदेव इस दुनिया में जीना चाहती थी। लेकिन इस कालू नाम के आदमी ने मुझे आज नरक के द्वार पर ला कर खड़ा कर दिया है। आज मैं अगर मर रही हूँ तो उसका कारण ये कालू है। जाने से पहले मैं इस दुनिया के सभी लड़कियों से कहना चाहती हूँ कि जीवन में यदि आप अपने पति के चरणों की धुली भी माथे पर लगा कर उसके साथ रहेंगी तो आपको स्वर्ग की प्राप्ति हो जाएगी।

जय किशन ने अपने ससुर से पूछा

जय किशन: लेकिन पिताजी, आपको ये सब बातें कैसे पता चली, क्या सुनीता मरने से पहले आपसे मिली थी क्या?

सुनीता का पिता: नहीं, वो जब घर से भागी थी, उसके बाद मैं उससे नहीं मिला।

जय किशन: तो फिर आपको सुनीता की इतनी लंबी कहानी कैसे पता चली?

सुनीता के पिता: वो हुआ यूँ कि सुनीता की लाश दरिया किनारे मिली थी। उसे पास से सोने के चीजों के इलावा के फोन भी बरामद हुआ था। पुलिस ने जैसे तैसे कर के उस में से सारा डाटा निकाल लिया था। उसके फोन में ये सब चीज़े उसने रिकार्ड कर रखी थी। जब मैं उसकी लाश की शिनाख्त करने गया, तो मुझे इन सब बातों का पता चला। उसी रिकॉर्डिंग के बिनाह पर कालू और उसके सभी दोस्त पकड़े गए और वो सब अब कारागार में हैं।

जय किशन: मुझे सुनीता के जाने का बहुत अफसोस हुआ!

सुनीता के पिता: अफसोस और वो भी तुम्हें? हमें तो बिल्कुल नहीं हुआ। यही तो कर्मा है। बेटा, मेरी बात मानो, तो अब तुम अपना घर बसा लो। अगर हो सके, तो कभी कभी मिलने आ जाया करो।

जय किशन: तो मैडम, मैं वहाँ से उनको अलविदा कह कर निकल आया। बस मेरी तो यही कहानी है। सो मेरा भी वही हाल हुआ है कि ना घर का रहा ना घाट का। इसलिए, मैंने ये सोचा कि अपनी बाकि की ज़िंदगी यूँ घूम फिर कर ही बिता दूँ। अब ऐसा मुहँ लेकर तो मैं अपने घर वापिस नहीं जा सकता था।

कविता ने जब जय किशन की बातें सुनी तो वो बोली

कविता: जी देखिए, मैं आपसे झूठ नहीं बोलूँगी। मैं 11 वी कक्षा में पढ़ती हूँ और मेरा नाम कविता है और मैं देहरादून की रहने वाली हूँ।

ऐसे कहते कहते कविता ने अपनी आप बीती किशन को बता दी और बोली

कविता: अब आप हि हमको बताओ कि इसमें हमारा क्या दोष है? मेरे पापा ने अपने भाई की साइड ली और उल्टा अपनी औलाद को ही गलत ठहराया। वो तो कहते हैं कि ये बच्चा किसी और का है और मैं उनके भाई पर झूठ आरोप लगा रही हूँ। जिस लड़की को उसके घर वाले ही ना समझें और उसे झूठ साबित करके घर से निकाल दें तो इसमें अब आप ही बताइए कि मैं कहाँ जाऊँ? मेरी तो कोई गलती भी नहीं है, अब कौन मेरा हाथ थामेगा? आज तो आपने मुझे बचा लिया है, मगर कल मुझे कौन बचाएगा? मेरा तो मर जाना ही अच्छा है।

इतने में दिल्ली जाने वाली गाड़ी देहरादून एक्सप्रेस प्लेटफॉर्म पर आ गई। तभी किशन ने कविता से कहा

किशन: आप बस दो मिनट रुको। मैं आपसे दो बातें कहूँगा। यदि आपको अच्छी लगें तो हाँ कह देना, नहीं तो आपके और मेरे रास्ते अलग अलग। देखिए ये गाड़ी यहाँ 1 घंटे के बाद रवाना होगी, लेकिन आप मेरा बस थोड़ी देर इंतजार कीजिए।

कविता: आप जाइए। मैं धोखेबाज़ नहीं हूँ, मैं आपको यही मिलूँगी। मैं आपका इंतज़ार करूंगी।

किशन: ठीक है, मैं बस यूँ गया और यूँ आया।

किशन वहाँ से टिकट काउन्टर पर दिल्ली की दो टिकट लेने के लिए गया। लाइन में खड़ा हो कर वो सोचने लगा कि क्यों ना इस लड़की की परीक्षा ली जाए। ये सोच कर किशन ने सुबह 7 बजे वाली गाड़ी की टिकट अड्वान्स में ले ली। वो सोचने लगा कि कविता ने उसका इंतज़ार करने के लिए कह तो दिया है, मगर क्या वो ऐसा करेगी? यही सोच कर वो उसे दूर से ही देखने लगा। 1 घंटा बीत गया, फिर करते करते वो ट्रेन ने भी प्लेटफॉर्म छोड़ दिया। लेकिन कविता ने उसकी राह तकनी नहीं छोड़ी, क्योंकि वो खुद को बेवफा नहीं कहलवाना चाहती थी। वो सोचने लगी कि वो किशन का सुबह तक इंतज़ार करेगी। यदि वो नहीं आया तो हम दोनों के रास्ते तो अलग हैं ही। फिर वो सोचने लगी कि हो सकता है कि क्या पता मेरे माता पिता मुझे खोजते हुए यहाँ आ जायें? यदि वो नहीं आए, तो मारना तो निश्चित ही है। किसी और के हाथों से खुद को बर्बाद करने से अच्छा है कि खुद ही मर जाए।

इस तरह से रात के तीन बज गए। किशन ने देखा कि कविता अपनी जगह से हीली तक नहीं। अब उसे पूरा यकिन हो चला था कि ये लड़की धोखा नहीं देगी, क्योंकि अगर उसे जाना होता तो रात तक वो उसका इंतजार नहीं करती। फिर भी वो कुछ देर और ठहरा और तकरीबन सबह के 4 बजे वो उसके पास पहुँचा तो कविता ने उसे देखकर कहा

कविता: अरे आप आ गए, कहाँ चले गए थे आप?

किशन: अरे आप अभी तक मेरा इंतजार कर रही हैं? मुझे तो लगा कि अब तक आपका सब्र का बांध टूट गया होगा, और आप यहाँ से जा चुकी होंगी।

कविता: हमने आपसे कहा था कि हम बेवफ़ाई नहीं करेंगे। यदि आप कई दिनों तक भी नहीं आते तो भी हम आपका इंतजार यही बैठे बैठे ही करते।

किशन: अच्छा, ऐसी भी क्या बात थी?

कविता: वो आप नहीं समझोगे? यदि आप नहीं आते, तो हम मर भी नहीं सकते थे। क्योंकि तब हमको ये नहीं पता चल पाता कि आप वापिस आने के लिए क्यों कह कर गए थे और वो भी अपनी कसम देकर। लेकिन अब आप आ गए हैं, तो हम चैन से जी भी सकते हैं और चैन से मर भी सकते हैं। अब हमको एक बात का पूरा विश्वास हो गया है कि हम अपने माता पिता के लिए मर चुके हैं। वरना अब तक तो वो हमको ढूँढने जरूर आते। खैर, जाने दो। बस हम आपसे एक बात कहना चाहते हैं। आप बहुत अच्छे इंसान हैं, इसलिए अब आप किसी से ना तो महोब्बत करना और ना ही शादी। बस इसी तरह से अच्छी अच्छी बातें करते रहना। अच्छा। मेरी बातें याद रखना। अब आपकी गाड़ी का भी वक्त हो चला है और मेरा इस दुनिया से रुखसत होने का। अबसे हमारी और आपकी राहें अलग अलग हैं। हम इस बेग का क्या करेंगे। आप ही इसे रख लीजिए। आपके काम आएगा।

किशन: आपका बेग मेरे किस काम आएगा। आप इसे अपने साथ ही ले जाईए। इसमें तो आपके कपड़े होंगे, मैं उनका क्या करूँगा।

कविता: आप समझे नहीं। आप इस बेग को घर जाकर खोल लेना, इस बेग में कुछ रुपए हैं, जो आपके काम आ जायेंगे।

किशन: फिर ठीक है। लो हमारी गाड़ी भी आ गई। अभी तो यहाँ 20 मिनट तक रुकेगी तब तक आप हमारे साथ यहाँ बैठो। आप जरा दो मिनट रुको, मैं कुछ खाने के लिए ले कर आता हूँ। आप यहाँ से जाना मत।

कविता: नहीं मैं कहीं नहीं जाऊँगी, हाँ अगर ये ट्रेन चल पड़ी तो मैं सारा सामान ले कर यहीं उतर जाऊँगी।

कविता को हाँ कहकर किशन खाना लेने चला गया। उधर कविता सोचने लगी कि अभी कुछ ही देर में हम दोनों जुदा हो जायेंगे। वो सोचने लगी कि हम सबसे पहले टैक्सी से मंसूरी चले जायेंगे। वहाँ जा कर सबसे पहले पेट भर कर खाना खाएंगे, और उसके बाद लवर पॉइंट पर जाकर चुपके से वहाँ से छलाँग लगा देंगे, किसी को हमारी बॉडी तक नहीं मिलेगी। अभी वो ये सब सोच ही रही थी कि किशन वापिस आ गया।

किशन: क्या बात है, बहुत गहरी सोच में डूबी हुई हो? लगता है कि तुम दिमाग में कुछ खिचड़ी पका रही थी।

कविता: आपको कैसे पता? आप क्या ज्योतिषी हो?

किशन: हम वो हैं जो लिफाफा देखकर ये बता सकते हैं कि खत में क्या लिखा होगा?

कविता: मतलब!

किशन: मतलब ये, कि मैं तुम्हारा चेहरा देखकर बता सकता हूँ कि तुम अभी क्या सोच रही थी?

कविता: अच्छा, आपको क्या पता कि मेरे मन में क्या चल रहा था?

किशन: अगर बता दिया तो, क्या आप मेरी बात मानेंगी? जो मैं कहूँगा, आप करेंगी?

मैं बताता हूँ, आप यही सोच रही थी ना कि अभी गाड़ी छूट जाएगी, तब आप यहाँ से मंसूरी चली जाएंगी, वहाँ जाकर खा पी कर आप लवर पॉइंट से कूदने की बात सोच रही थी? हाँ के नहीं? बोलो?

कविता: ओ माई गॉड। आप तो दिल की बात भी सुन लेते हो? आप तो कभी किसी को धोका दे ही नहीं सकते। अगर मैं सुनीता की जगह होती तो भगवान की जगह आपकी पूजा करती और आपके चरण धो धो कर पीती। आपने बिल्कुल सही पहचाना, मैं यही सब सोच रही थी। लेकिन आपको सब कैसे पता चला?

किशन: इसमें कोई बड़ी बात नहीं है। खाली दिमाग इसी तरह की बात ही सोच सकता है।

अभी वो दोनों बात कर ही रहे थे कि तभी ट्रेन ने पहली सीटी मार दी। सीटी की अवाज सुनकर कविता की आँखों में आँसू आ गए और वो रोते हुए बोली

कविता: अच्छा, अब हम चलते हैं।

किशन: बस एक बेसहारा का दिल तोड़ कर जा रही हो। खैर, हम आपका दिल नहीं तोड़ेंगे, वैसे हम आपको आपके वादे के बारे में याद दिला रहे हैं कि आपने कहा कि था कि यदि हम आपके दिल की बात बता देंगे, तो हम जो चाहे माँग सकते हैं!

कविता: हाँ, हमको याद है। अब आप जो चाहे माँग सकते हैं, मगर जल्दी वरना ट्रेन छूट जाएगी और उसके साथ साथ हम भी।

किशन: ऐसे नहीं, ये देखिए इस टिकट पर किसका नाम लिखा हुआ है?

कविता: ये तो मेरा नाम है!

किशन: हाँ आपका ही नाम है। हमने तो उसी वक्त ये फैसला कर लिया था, जब आपने हमसे ये कहा था कि हम तो कटी पतंग हैं, अब हमारा हाथ कौन थामेगा। बस हमने सोच लिया था कि हम आपको कभी नहीं

छोड़ेंगे और हमने आपके नाम का टिकट भी ले लिया था। हम तो आपकी परीक्षा ले रहे थे, कि कहीं आपके मन में कुछ और तो नहीं है। हम जब आपको छोड़ कर गए थे, तभी हमने अपना इरादा बदल लिया कि पहले हम आपकी परीक्षा लेंगे और फिर इसीलिए हमने रात की जगह सुबह की गाड़ी की टिकट ली थी और वो भी दो। अब आप तो हमारी हर कसोटी पर खरी उतरी, और हम आपको अपनाने के लिए तैयार हैं, मगर क्या आप हम पर विश्वास करेंगी? इसका फैसला हम आप पर छोड़ते हैं।

कविता: भरोसा तो आप पर हमक खुदे से भी ज़्यादा है। डूबते को तो तिनके का सहारा भी बहुत होता है, यहाँ तो आप साक्षात देवता बन कर हमारी ज़िंदगी में आए हैं। हम आपको इतना प्यार देंगे कि आप अपने हर गम भूल जायेंगे।

दोनों प्यार भारी बातों में खो गए और दोनों ने साथ में मिलकर खाना भी खाया। बातों ही बातों में सफर कब कट गया पता ही नहीं चला और तब दिल्ली स्टेशन आ गया। दोनों वहीं उतर गए।

किशन: अब चिंता की कोई बात नहीं है। यहाँ हमारा अपना घर है। हम वहीं जायेंगे, मगर पहले कुछ खा पी लेते हैं।

कविता: जी ठीक है। मगर ये कौन सी जगह है, कुछ जानी पहचानी सी लग रही है।

किशन: इस जगह का नाम पहाड़गंज है, और ये दिल्ली शहर है। यहाँ के वो कॉर्नर वाला ढाबा देख रही हो, हम वहीं चल कर नाश्ता करेंगे। यहाँ सब बाहर से आने वाले हर तरह के होटल में रहते हैं। यहाँ सस्ता महँगा हर तरह का होटल और खाना मिल जाता है।

होटल में

किशन: अब बोलो क्या खाओगी? अरे वेटर, एक काम करो यार एक राइस प्लेट, दाल फ्राई, मटर पनीर, सलाद और दही ले कर आओ।

किशन के टेबल के ठीक सामने वाले टेबल पर ड्राइवर और कमली बैठे हुए थे। अचानक ड्राइवर की नज़र कविता पर पड़ी और वो कमली से बोला

ड्राइवर: अरे ये तो वही लड़की है जिसे शालीमार ने अपनी रखेल बना कर रखा हुआ था। मुझे तो ये वही लग रही है। मगर इसके साथ ये लड़का कौन है।

बबल की बात सुनकर कमली ने भी उस लड़की को बड़े गौर से देखा तो वो भी कहने लगी

कमली: अरे हाँ यार, आपने ठीक पहचाना, ये तो वही लड़की है, जिसके गुमशुदा होने की खबर भी टीवी पर आ चुकी है। मगर ये लड़का तो उसके गैंग का नहीं लग रहा? साला चक्कर क्या है? है कौन ये?

तभी वेटर कमली की कॉफी ले कर आया

वेटर: मैडम, आपकी कॉफी।

कमली: अरे सुन, एक काम कर वो जो सामने वाली टेबल पर वो लड़की बैठी है ना, उसको बोल कि हमने उसको यहाँ बुलाया है।

वेटर कविता के पास गया और बोला

वेटर: मैडम, वो सामने वाले टेबल वाली मैडम आपको वहाँ बुलाया रही हैं।

कविता: मुझे?

वेटर: जी आपको।

कविता: किशन वो लड़की हमको कैसे जानती है! मैंने तो उसे पहले कभी नहीं देखा?

किशन: हो सकता है, वो आपको किसी तरह से जानती हो। आप चिंता मत करो, आप जा कर उससे मिल लो, बाकि कुछ हो तो मैं बैठा हूँ ना आपके लिए।

कविता कमली के पास गई और बोली

कविता: जी दीदी, आपने हमको बुलाया था! लेकिन हम तो आपको नहीं जानते?

कमली: हाँ, मैंने ही बुलाया था। तुम हमको नहीं जानती, मगर हम तुमको जानते हैं। अच्छा एक बात बताओ, तुमको ही वो शालीमार उठा कर ले गया था ना, देहरादून से? तुम वहीं की हो ना?

कविता: जी हम वहीं के हैं! लेकिन आपको ये सब?

कमली: वो छोड़, ये बता कि ये जो स्मार्ट सा लड़का, तुम्हारे साथ बैठा हुआ है, ये कौन है?

तभी किशन ने कविता को आवाज़ लगाई कि खाना आ गया है।

कविता: दीदी, ये जगह उचित नहीं है, ये सब बातें करने के लिए।

कमली: देखो, तुम समझ नहीं रही हो। हम तुम्हारे बहुत काम आ सकते हैं।

कविता: ठीक है। हमारा खाना आ गया है। हम चलते हैं।

कमली: ठीक है, मगर ध्यान रहे, तुम खाना खा कर आ जाओ।

किशन: क्या हुआ, कौन है वो लड़की?

कविता ने खाना खाते हुए किशन को सारी बात बता दी।

किशन: हाँ तो ठीक है। मिलने में क्या जाता है। तुम खाना खत्म कर लो, फिर मिलते हैं उससे।

खाने के बाद कविता और किशन कमली के पास पहुँचे।

कविता: जी दीदी, अब कहिए, आप क्या कह रही थी?

कमली: हाँ, आइए बैठिए।

बबल: मैडम, मेरी सवारी मेरा इंतजार कर रही है, अब मैं निकलता हूँ।

तभी वेटर बिल ले कर आ गया।

कमली: ठीक है, दोनों का बिल मेरे खाते में डाल दो। एक काम करते हैं, मेरा यहाँ एक रूम बुक है। वहीं चल कर आराम से बात करते हैं।

किशन: अरे मैं बिल दे देता हूँ।

कमली: अरे नहीं, आप रहने दीजिए। आप दोनों चलिए मेरे साथ। आइए आपका मेरे इस भूत बंगले में स्वागत है।

कविता: भूत बंगला?

कमली: हाँ ये होटल वाले इस रूम को भूत बंगला कहते हैं। खैर, डरने की कोई बात नहीं, जब से मैं यहाँ आई हूँ, सब भूत भाग गए हैं। अरे

बड़ी मजेदार कहानी है इसकी, आइए बैठिए, मैं आपको सुनाती हूँ। बात दरअसल उस दिन की है, जिस दिन में इस होटल में आई थी। पता चला कि सारा होटल बुक है। मगर ये रूम खाली था, क्योंकि कोई उसे लेता नहीं था। उस वक्त रात के 2 बजे थे, और बबल मुझे छोड़ कर गया था।

कविता: बबल कौन?

कमली: अरे वही, जो मेरे साथ मेरे टेबल पर बैठा हुआ था। बड़ा ही नेक दिल इंसान है। खैर छोड़ो उसको। मैं कह रही थी कि मैनेजर ने मुझे ये कमरा देने से इनकार किया, और कहा कि इस कमरे में भूत हैं। मैं ठहरी आदवासी लड़की, मैं भूतों से नहीं डरती और मैंने ये कमरा ले लिया। अरे मैं भी किन बातों में लग गई। तुम मुझे बताओ कि तुम वही लड़की हो ना जिसे शालीमार ने देहरादून से उठवाया था। तुम्हारा तो नाम गुमशुदा के लिए पेपर में भी आया था और न्यूज में भी मैंने तुम्हें देखा था। मैंने तुमको उस कुत्ते के साथ माल में शॉपिंग करते हुए देखा था।

कविता: जी दीदी, वो जिस दिन उन्होंने हमको अगवा किया था, उस दिन तो हम स्कूल के कपड़ों में थे और टेम्पो का इंतजार कर रहे थे घर जाने के लिए।

उसके बाद कविता ने सारी बात कमली को बता दी कि कैसे उसके छोटे कपड़े देखकर उनकी नियत खराब हुई और कैसे उन्होंने उसे कोला में ड्रग्स दे कर अगवा किया।

कविता: जब मुझे होश आया तो, उस वक्त रात के 10 बजे हुए थे। मैंने खुद को निर्वस्त्र पाया और मैंने देखा कि सामने शालीमार हाथ में रिवॉलवर लिए बैठा है। उसने मुझे और मेरे परिवार को मारने की

धमकी भी दी। इसी तरह से उसने हम को पहले तो शादी के झांसे दिए और बाद में मुझे अपनी रखेल बना लिया। फिर एक दिन रात को तकरीबन 1 बजे किसी लड़की का फोन उसको आया। उस लड़की ने उससे क्या कहा, ये तो मुझे पता नहीं, मगर मैं इतना जानती हूँ कि उसकी बात सुनकर वो बहुत सहम गया था। उसके बाद उसने मुझ से मेरा नाम पूछा। मैंने उसे अपना गलत नाम बता दिया, लेकिन उसने मेरे सर पर बंदूक रख दी और मुझसे मेरा असली नाम पूछा, तो मुझे उसे अपना नाम बताना पड़ा। उसके बाद उसने मुझे माल से कपड़े दिलवाए और फिर अगले दिन मुझे सुबह 4 बजे उठाया दिया और कहा कि उसे किसी जरूरी काम से चीन जाना पड़ रहा है। उसने मुझे बहुत से पैसे दिए और कहा कि उसके आदमी मुझे अपने घर के पास छोड़ देंगे।

इसी तरह से कविता ने उसके बाद हुए हर लम्हे को कमली के सामने ब्यान कर दिया। उसकी बाते सुनकर कमली बोली

कमली: देख बहन, तुमने मुझे दीदी कहा है, सो इस नाते से तुम मेरी छोटी बहन हो। देखो, ये लड़का तो एक दम शरीफ है, और मेरे भाई जैसा है। अब मैं तुमको ये बताती हूँ कि जो फोन से वो घबरा गया था, वो फोन उसे मैंने ही किया था। मैंने ही उसे कहा था कि जिस लड़की के साथ वो हम बिस्तर हो रहा है, वो उसके भाई की लड़की है। उसके बाद उसके होश उड़ गए और उसने तुमको छोड़ दिया। जो वो बकवास कर रहा था कि चीन जा रहा है, वो सिर्फ झूठ था। वो यहीं है, दिल्ली में।

कविता: लेकिन दीदी, आप इसको कैसे जानती हो, और आपकी उसके साथ क्या दुश्मनी है?

कमली: मेरी दुश्मनी तो और भी गहरी है। इसने मुझे भी झांसा दे कर शादी का वादा किया था। मैं तो उसके चुंगल से भाग गई लेकिन उसने मेरे बाप को मार डाला। इस चक्कर में पूरे झारखंड की पुलिस इसके

पीछे लग गई और मैं पुलिस की मुखबिर बन गई हूँ। मेरा मकसद इसे और इसके सारे आदमियों को सलाखों के पीछे पहुँचाना है।

कविता: दीदी, मेरी भी एक समस्या है। यदि आप उसका समाधान करवा दो तो मैं भी आपकी इस नेक काम में मदद के लिए तैयार हूँ। इसने मेरी ज़िंदगी भी बर्बाद की है। ये तो भला हो जयकिशन जी का, जो यह मेरी ज़िंदगी में आए। वरना मेरी ज़िंदगी तो एक कटी पतंग की तरह से हो गई है। जैसे ही कट कर गिरी, तो सारे दुनिया वाले मुझे नोचने लग गए। आज अगर ये नहीं होते तो शायद आज मैं जिंदा भी नहीं होती।

कमली: अरे, ऐसा भी आखिर क्या हो गया था, कि मरने की नौबत आ गई?

कविता: दीदी, मैं उसके बच्चे की माँ बनने वाली हूँ।

कमली: कितने महीने हो गए?

कविता: 4 हो चुके हैं।

कमली: हाँ, अब तो अबॉर्शन भी नहीं हो सकता। अगर जबरदस्ती करने की कोशिश की तो तुम्हारी जान पर बन सकती है।

किशन: कविता, मुझे एक बात बताओ, कि इस सब में उस बच्चे का क्या दोष है। क्यों तुम उसे इस दुनिया में आने से रोकना चाहती हो? जब मैं उस बच्चे को अपना नाम देने के लिए तैयार हूँ, फिर तुमको उस बारे में सोचने की कोई जरूरत नहीं है। अभी हम को ये सोचना है कि उस आदमी से बदला कैसे लेना है।

कविता: वो तो कमली दीदी ही बता सकती हैं।

कमली: अगर बदला लेना है, तो आपको हमारी बात माननी होगी। उसके लिए आपको अपना नाम और हुलिया दोनों बदलने पड़ेंगे।

कविता: जी दरअसल ये सब होगा कैसे!

कमली: देखो उसके लिए तुम्हें एक बुरखा लेना होगा, और आज से तुम्हारा नाम कविता नहीं बल्कि शब्बो होगा।

कविता: दीदी, वैसे आप जो कहो, वो हम करने के लिए तैयार हैं। मगर, इस तरह से डर के ना तो हम जी पायेंगे, और ना ही मर पायेंगे। हमने सोचा है कि हम चाचा को उसके ही हथियार से मारेंगे।

कमली: अच्छा, वो कैसे?

कविता: वो हम आपको बता देंगे, मगर उससे पहले हम आपके सामने किशन जी से एक बार फिर से पूछना चाहते हैं, क्योंकि इन्होंने हमको जीवन दान दिया है।

किशन: हाँ हाँ पूछिए, आप क्या पूछना चाहती हैं?

कविता: हम आपसे ये पूछना चाहते हैं कि आपने कहा कि आप हम से प्यार करते हैं।

किशन: जी बिल्कुल, इसमें कोई दो राह नहीं है।

कविता: आप हमको बीच मझधार छोड़ तो नहीं देंगे? क्या आप हमारा साथ देंगे?

किशन: जी बिल्कुल, आप कहिए, मैं आपको कैसे इस बात का यकिन दिलवा सकता हूँ?

कविता: जी आपको उसके लिए, हमसे शादी करनी होगी। हम कोर्ट मेरिज नहीं, बल्कि हम समाज के सामने ये शादी करेंगे। वो इसलिए कि मैं इस दुनिया को बताना चाहती हूँ कि जिसका कोई नहीं होता, उसका खुदा होता है।

कमली: तू कहना क्या चाहती है और करना क्या चाहती है। चलो मान लो तेरी शादी सबके सामने हो जाती है, मगर इससे शालीमार का क्या लेना देना होगा?

किशन: वो सब आप बाद में जान लेना दीदी। लेकिन इससे पहले आप मेरी एक बात सुन लीजिए। बात क्या मेरी एक अर्ज सुन लीजिए।

कमली: अरे तुझे क्या हुआ अब?

किशन: दीदी, जिस होटल में और जिस इलाके में आप रह रही हैं, वो आपके लिए ठीक नहीं है। हमारे पास 3 बेडरूम का अपना घर है। आप हमारे साथ वहाँ चल कर रहिए। आगे की सारी प्लैनिंग वहीं बैठ कर करेंगे। देखो, अब आप ये सोच रही हैं ना कि आप हम पर बोझ नहीं बनना चाहती?

कमली: अबे तू, ज्योतिषी है क्या?

कविता: दीदी, ये सब के मन की बात पढ़ लेते हैं। आप इनकी बात मान लीजिए।

कमली: किशन भाई, मैं आपकी बात मान लेती हूँ, मुझे इसमें कोई ऐतराज़ नहीं है। लेकिन, जहाँ में रुकी हुई हूँ, यहीं इस शालीमार के आदमियों का अड्डा है। ये सब लोग इसी इलाके में ही वसूली करते रहते हैं। मुझे अगर उसे मारना होता तो वहीं मुरथल में ही मार सकती थी, जहाँ मैंने उसे पहली बार देखा था। मगर, मैं इसे धीरे धीरे खोखला

करना चाहती हूँ। उसका कारण ये है कि ये अकेला नहीं है, बल्कि इसके साथियों की पहुँच बहुत ऊपर तक है। पुलिस, मजिस्ट्रेट सबके सब इसके साथ मिले हुए हैं। मारने को वो भी मुझे कभी भी मार सकता था। लेकिन, उसे इस बात का डर है कि मेरा कोई आदमी इसके गैंग में मिला हुआ है।

कविता: दीदी, आप हम को ये बताओ कि यदि आप जानती हैं कि इसके साथ नेता से संतरी तक सब मिले हुए हैं, फिर आप उसका अकेले क्या बिगाड़ लोगी? क्या आपके पीछे भी कोई ताकत है?

कमली: हाँ बिल्कुल है,। मैं इस समय सरकारी तौर पर सरकारी गवाह हूँ, और मुझे मजिस्ट्रेट से पावर और ये आई डी मिला हुआ है। मेरा नाता सीधा स्पेशल सेल के आला अफसरों से है।

कविता: दीदी, अब तो आपका रास्ता बिल्कुल साफ है। अब तो आप हमारे साथ चल सकती हैं।

कमली: अच्छा ठीक है। एक मिनट रुको। हैलो, मैनेजर, मेरा आज तक का पूरा बिल भेज दो।

मैनेजर: क्या आज आप जा रही हैं?

कमली: हाँ, मैं आज चली जाऊँगी।

मैनेजर: जी ठीक, आपको बिल चुकनी की जरूरत नहीं है। आपका बिल चुकता हो चुका है।

कमली: अच्छा, साला कौन है, जो मुझ पर इतना मेहरबान हो रहा है? उसका नाम तो बता?

मैनेजर: मैडम जी, वो तो हमको नहीं पता, हमको लगा कि आपका ही कोई रिश्तेदार होगा। लेकिन मैडम, आप यहाँ से कहाँ जा रही हैं?

कमली: मैं यहाँ से बाय एयर बेंगलुरु जा रही हूँ। वहाँ से आगे कुछ 200 मील दूर, एक गाँव है मचलीपुरम, वहीं जा रही हूँ। हमारा मिशन पूरा हो गया है, घोंचू मल, समझा कुछ?

मैनेजर: जी मैडम, समझ गया।

किशन: दीदी, क्या हम बेंगलुरु जा रहे हैं? ये कब डिसाइड हुआ?

कमली: अरे यार, तू कुछ समझता नहीं है। मैं तो तुम लोगों एक साथ ही जा रही हूँ।

कविता: फिर दीदी, आपने इस मैनेजर को बेंगलुरु क्यों कहा?

कमली: यार, ये मैनेजर है ना, ये शालीमार का चमचा है। ये मेरे जाने की खबर उसको जरूर देगा। अभी देख लेना। उसके बताने पर उसके आदमी एयरपोर्ट के सभी रास्तों पर मेरे इंतजार में इंतजाम कर लेंगे।

तभी मैनेजर ने फोन उठाया

मैनेजर: हैलो सर, मैं होटल का मैनेजर बोल रहा हूँ।

शालीमार: हाँ बक, क्या कहना चाहता है?

मैनेजर: वो लड़की आज रात की फ्लाइट से बेंगलुरु जा रही है और फिर वहाँ से 200 मील दूर किसी गाँव में जाने वाली है।

शालीमार: उसके साथ और कौन कौन है?

मैन्जर: जी उनके साथ एक जवान लड़का और एक लड़की है। वो उनके साथ ही निकल रही है। अच्छा, अब मैं फोन रखता हूँ। वो इधर ही आ रही है।

शालीमार: लेकिन जिस टैक्सी में वो जा रही है, उसका नंबर नोट करके मुझे जल्दी बता।

मैनेजर: जी सर।

कमली: अच्छा बे टकले अब हम निकलते हैं। मेरे लिए मेरा भूत वाला कमरा रेडी रखना, मैं जब भी आऊँगी, वहीं पर रहूँगी।

मैनेजर: धीरे से बोला: ठीक है मेरी माँ, अभी तो जा।

कमली: कुछ कहा तूने टकले?

मैनेजर: जी नहीं मैडम, जी मैं आपका कमरा रेडी रखूँगा। लगता है आपकी टैक्सी आ गई।

कमली: हाँ, ये मेरी ही है।

मैनेजर ने तुरंत उस ओला टैक्सी का नंबर नोट कर लिया और शालीमार को नंबर एसएमएस कर दिया। नंबर पाते ही शालीमार ने अपने सभी लड़कों को टैक्सी का नंबर शेयर कर दिया और कहा कि उसे ये लड़की जिंदा चाहिए।

गुंडे: मालिक, आप चिंता मत करो। हमने एयरपोर्ट के रास्ते पर अपनी 7 गाडियाँ लगा दी हैं। आज उसका बच कर निकलना मुश्किल है।

उनसे बात कर के शालीमार ने कालू पठान को फोन किया

पठान: अरे क्या बात है, सब खैरियत, इतने रात गए फोन किया?

शालीमार: हाँ, लेकिन वो जो झारखंड वाली लड़की है ना?

पठान: हाँ, क्या हुआ उसको?

शालीमार: अरे उसको कुछ नहीं हुआ, वो आज़ दिल्ली छोड़ कर जा रही है।

पठान: समझ गया, इससे पहले वो दिल्ली से निकले, मैं उसे पहाड़गंज के होटल में ही टपका डालता हूँ।

शालीमार: अबे साले, उसको टपकाना होता, तो वो मैं भी कर सकता था। मेरी बात को ध्यान से सुन। अपना फोन चेक कर, मैंने तुझे उसकी टैक्सी का नंबर भेजा है। वो एक ओला टैक्सी है। उस नंबर से उस टैक्सी के ड्राइवर का नंबर पता कर और से फोन कर के बोल की टैक्सी को पालम रोड पर ले कर जाए, उसी में ही उसकी भलाई है। समझा कुछ?

पठान: जी मैं समझ गया।

पठान ने तुरंत उस ड्राइवर का फोन नंबर निकलवाया और उसे फोन कर दिया। पठान का नंबर देखते ही ड्राइवर थोड़ा घबरा गया और गाड़ी को एक साइड लगा कर गाड़ी से उतर कर फोन पर बात करने लगा।

ड्राइवर: जी मालिक, एक सवारी है, उसे उतार कर, जहाँ आप कहेंगे, वहीं आ जाऊँगा। बाकी अगर कुछ खास बात है तो आप एसएमएस कर दीजिए। अभी मैं मंडी हाउस तक ही पहुँचा हूँ, क्योंकि आज ट्राफिक बहुत है।

ड्राइवर को ऐसे बात करता देख कर कमली को थोड़ा शक हो गया। फिर जैसे ही वो ड्राइवर गाड़ी में आ कर बैठा तो उसके फोन पर बहुत से मेसेजेस आने लगे। ये देख कर कमली ने थोड़ी दूर जाने के बाद ड्राइवर से कहा

कमली: भैया, जरा 10 मिनट के लिए गाड़ी उस मकान के साइड पर लगा दीजिए। मुझे बहुत अर्जेन्ट काल करने हैं, अपने चाचा को। 10 मिनट की वैटिंग के पैसे मैं आपको एक्स्ट्रा दे दूँगी, और वैसे भी अभी मेरी फ्लाइट में टाइम है।

ड्राइवर: जी ठीक है, मगर आप अपना नंबर मुझे देकर जाइए।

कमली ने तुरंत शालीमार का सीक्रिट नंबर उस ड्राइवर को दे दिया और वहाँ से कविता और जय को लेकर चली गई। वो सामने वाली गली से पीछे के मकान के पास गई और वहीं से रास्ता बदल कर दूसरे टैक्सी स्टैन्ड पर पहुँची और वहाँ से जय किशन के घर की टैक्सी कर के तीनों उसके घर चले गए। वहाँ ओला का ड्राइवर आधे घंटे तक वेट करता रहा, मगर जब वो नहीं आई तो उसने कमली के दिए हुए नंबर पर फोन किया। वो नंबर शालीमार का था, उसकी आवाज़ सुनकर ड्राइवर ने फोन काट दिया, उसे लगा कि उसने गलत नंबर डायल किया है। मगर जब दूसरी बार भी उसी ने फोन उठाया तो ड्राइवर बोला

ड्राइवर: सर सर, आप फोन मत काटना, मुझे तो कालू पठान का फोन आया था, और मैंने उसके कहने पर ही

ड्राइवर की बात अधूरी ही रह गई शालीमार बीच में बोल पड़ा

शालीमार: अबे तू कौन है और पठान के बारे में कैसे जानता है?

ड्राइवर: सर, मैं तो ओला ड्राइवर हूँ, उनका फोन आया था और उन्होंने कहा था कि सवारी का रास्ता बदलना है।

शालीमार: हाँ, तो फिर क्या हुआ?

ड्राइवर: जी, जब उनका फोन आया तो मैं टैक्सी से उतर गया, ताकि मेरी और उनकी बात पैसेंजर सुन ना लें। उस समय मेरी टैक्सी में 2 लड़कियाँ और एक आदमी बैठा हुआ था। मैं जब वापिस आया तो पैसेंजर में से एक लड़की ने मुझ से कहा कि मैं टैक्सी को गोल मार्केट की तरफ ले लूँ। उसको अपने अंकल से मिलना था, वो बोली बस 5 मिनट का काम है। मैंने उनसे कहा कि अपना नंबर दे कर जाइए, तो उसने मुझे ये नंबर दे दिया। अब ये नंबर आपको लगा है।

शालीमार: कितनी देर हुई है इस बात को?

ड्राइवर: जी, कुछ आधा घंटा वेट करने के बाद मैंने इस नंबर पर काल किया था।

ड्राइवर की बात सुनकर शालीमार ने पठान को फोन किया

पठान: हाँ बॉस, आपका काम हो गया है। वो ओला ड्राइवर उनको लेकर आपके बताए हुए रास्ते पर आने वाला है। वैसे वो अभी तक वहाँ पहुँचा नहीं है।

शालीमार: और वो पहुँचेगा भी नहीं।

पठान: क्यों बॉस?

शालीमार: वो इसलिए कि वो उसको चकमा दे कर जा चुकी है। इस वक्त तो किसी और गाड़ी में बैठ कर एयरपोर्ट भी पहुँच गई होगी।

पठान: मगर वो कैसे?

शालीमार: वो ऐसे के जब तूने ड्राइवर को फोन किया तो वो फोन सुनने के लिए टैक्सी से बाहर गया। वो झारखंड की लड़की बहुत उस्ताद है। वो ताड़ गई, और उसने दूसरी कैब गोल मार्केट के किसी अड्रेस पर बुला ली और वहाँ से निकल गई।

पठान: अब क्या करना होगा।

शालीमार: अभी कुछ नहीं करना, आप सब लोग वापिस आ जाओ। उसको दस दिन आराम करने दो, फिर उसको वहीं बेंगलुरू में ही धर दबोचेंगे।

उधर कमली, किशन और कविता सुबह के पाँच बजे किशन के घर नोएडा पहुँचे। वो सब बहुत थक चुके थे, वो सब जाते ही सो गए। फिर बाद में जब सुबह के 10 बजे तो सबसे पहले किशन उठा, बाहर जाकर दूध इत्यादि जरूरी सामान लाया और सबको चाय बना कर उठा दिया।

कविता: अरे आपने क्यों तकलीफ कि, मुझे उठा दिया होता, हम हैं ना ये सब करने के लिए।

किशन: अरे मैडम, आज पहला दिन है, आज मुझे आपकी सेवा का मौका दीजिए। आप दोनों फ्रेश हो जाइए, तबतक मैं आप दोनों के लिए नाश्ता रेडी कर देता हूँ।

अरे आप मुझे ऐसे मत देखिए, मुझे तो अकेला रहने और सब काम खुद ही करने की आदत है। अच्छा कमली दीदी, और कविता आप दोनों नाश्ते में क्या लेना पसंद करेंगी?

कविता और कमली: आप जो भी खिलाओगे, हम खा लेंगे।

किशन: तो ब्रेड और ओमेलेट चलेगा?

दोनों: जी चलेगा।

किशन ने सब के लिए बटर में नाश्ता तैयार किया और साथ में गरमा गरम कॉफी भी तैयार कर दी। तीनों मिलकर डैनिंग टेबल पर बैठ कर नाश्ता करने लगे।

कविता: कमली दीदी, अब आगे का क्या प्लान है? कल रात तो आपने उसे ऐसा चकमा दिया है कि वो कभी सोच भी नहीं पाएगा कि उसके साथ क्या हुआ है?

कमली: यदि मैं ऐसा नहीं करती तो वो यहाँ भी पहुँच जाता और हमारे साथ साथ तुम दोनों का जीना भी मुहाल कर देता। अब रही आगे की बात तो सबसे पहले तुम मुझे ये बताओ कि तुम उससे बदला लेना चाहते हो यां फिर उसे छोड़ देना है।

कविता: दीदी, बदला तो मैं जरूर लेना चाहती हूँ, मगर मैं उसे उसी के हथियार से मारना चाहती हूँ।

कमली: ओके, तो फिर क्या सोचा है तुमने उस बारे में?

कविता: जी सबसे पहले तो हमको जय किशन से शादी करनी है और वो भी अरैन्ज मेरिज। सबसे पहले मैं उसके पते पर अपनी शादी का कार्ड भेजना चाहती हूँ। ताकि उसको लगे कि उसके गले की मुसीबत हमेशा के लिए टल गई। दीदी, मुझे उसके घर का अड्रेस चाहिए।

कमली: पता तो मैं तुझे अभी दे देती हूँ, मगर मेरी समझ में ये नहीं आ रहा कि इससे क्या होगा?

कविता: आप तो जानती ही हैं कि मेरे पेट में जो बच्चा है वो चाचा का ही है। मैं किशन से शादी भी इसीलिए कर रही हूँ। मैं चाहती हूँ कि ये बच्चा मैं उसी की झोली में डाल दूँ।

कमली: नहीं मुझे तेरी ये प्लैनिंग सही नहीं लग रही है। यां तो तू इस बच्चे को जन्म ही मत दे। लेकिन अगर देना है तो उसे चाचा का नहीं बल्कि किशन का बच्चा समझ कर उसको जन्म दे और उसे सारी उम्र पाल।

तभी ऊपर से किशन आ गया और उसने उनको बातें करता देख बोला

किशन: क्या बात चीत हो रही है?

कविता: जी बस ऐसे ही, मगर आप कहाँ चले गए थे?

किशन: मैं तो चिकन लाने के लिए गया था, सोचा आज लंच और डिनर दोनों में ही ये खा लेंगे?

कविता: जी ठीक है, मैं लंच की तैयारी करती हूँ।

किशन: अरे रुको, पहले ये शादी का कार्ड का डिजाइन तो पसंद कर लो।

कमली: मुझे तो ये वाला पसंद है।

कविता: हाँ मेरी भी यही पसंद है।

किशन: तो ठीक है, मैं 100 कार्ड छपने के लिए दे देता हूँ। साथ ही साथ मैंने कबीर होटल भी बुक करवा दिया है, क्योंकि शादी की डेट भी 1 तारीख की ही निकली है। बस एक हफ्ते का ही टाइम है अपने पास।

कमली: वो महँगा नहीं पड़ेगा?

किशन: आप चिंता मत करो, सब इंतजाम हो गया है।

कविता: दीदी, आपको कितने कार्ड चाहिए?

कमली: मेरे तो गिनती के 3 यां 4 कार्ड होंगे, मगर तेरे को कितने चाहिए होंगे?

कविता: मेरा तो सिर्फ एक ही कार्ड होगा, वो भी चाचा को। मगर मैं उसको कार्ड कैसे भिजवा सकती हूँ?

कमली: तू उसकी चिंता मत कर, वो मैं कर लूँगी।

कविता: मगर दीदी, आप तो उसको मिल नहीं सकती? फिर ये कैसे होगा?

कमली: मेरा सामना अगर उससे हो भी गया, तो भी वो मेरा कुछ बिगाड़ नहीं सकता।

कविता: नहीं दीदी, अपने दुशमन को इतना कमज़ोर नहीं समझना चाहिए, क्या पता वो कल को क्या करवा दे?

कमली: तू उसकी चिंता मत कर। उसका एक खास आदमी है, जो मेरा वफादार है। वो मुझे अपनी बहन मानता है। वो शालीमार के गुर्गों से अक्सर मिलता रहता है। अपना ये कार्ड वो दे कर आएगा।

कविता: नहीं इसमें बहुत रिस्क है, आप मुझे उसका अड्रेस दे दीजिए, मैं उसको ये कार्ड डाक से भेज दूँगी।

कमली: ओके ठीक है। अच्छा सुन, शादी में तो ज़्यादा लोग किशन की तरफ से ही होंगे। मगर तुम मुझे खोजने का प्रयास मत करना। मैं शादी में भेस बदल कर रहूँगी, ताकि अगर तेरा चाचा और उसके आदमी आयें तो मैं उन सब कि खबर ले सकूँ।

कविता: क्या कत्ल करने का इरादा है उन सब का?

कमली: अरे नहीं, मारना होता, तो उसे कब का मार चुकी होती। मैं तो चाहती हूँ कि सांप भी मर जाए और लाठी भी ना टूटे।

कविता: ठीक है। अच्छा चलो मैं अब किचन में जा कर लंच बना लूँ।

कमली: अरे रुक, मैं भी आती हूँ तेरे साथ। वैसे मैं चिकन बहुत बढ़िया बनाती हूँ।

कविता: अच्छा, तो आप बना लीजिए, मैं कुछ और काम कर लेती हूँ।

कमली: गरम मसाला होगा ना।

कविता: जी है, ये रहा।

कमली: वैसे तो किशन ने फोटोग्राफर कर लिया होगा, मगर शादी में मेरा एक पर्सनल फोटोग्राफर भी होगा, जो छुप कर सारी फ़ोटोज़ और विडिओ ले लेगा।

उन दोनों की बातें अभी चल ही रही थी कि किशन भी किचन में आ गया

किशन: अरे आप लोग क्यों खाना बना रही हो, मैं हूँ ना ये सब करने के लिए।

कमली: अरे आप कैसी बात कर रहे हो, भैया। हम लोग कोई पराए थोड़े ही हैं। हम तो आपके आपने हैं। आप तो हम पर अपना हुक्म चलाइए, ताकि हमको भी लगे कि हमारे ऊपर भी कोई है।

किशन: चलिए ठीक है, तो कविता जी, आप हमको अपने हाथ की एक कप चाय पिला दीजिए।

कविता: जी अभी लाई।

फिर कार्ड छपने के बाद कविता ने कार्ड के साथ एक चिट्ठी भी कार्ड के साथ शालीमार को कोरीयर से भिजवा दी।

उधर कोरियर शालीमार के पास पहुँच गया और उसके एक गुर्गे ने उसे ले लिया

शालीमार: किस का कार्ड आया है?

लड़का: जी कोई जय किशन और कविता की शादी का कार्ड है।

शालीमार: ये कौन हैं, जिसने मुझे कार्ड भेजा है, दिखा तो ज़रा!

जैसे ही शालीमार ने वो कार्ड खोला तो उसमें से एक पत्र निकला। उसने वो पत्र पढ़ना शुरू किया उसे पत्र में लिखा था

कविता: नमस्ते चाचा, आपने क्या समझा कि मैं आपको नहीं पहचान पाऊँगी। नहीं ऐसा नहीं, मैंने आपको पहचान लिया। खैर, जो हुआ वो सब अनजाने में हुआ था। वैसे उसके बाद में आपके बड़े भई के घर वापिस गई थी, मगर उन्होंने मुझे अपने घर में रखने से मना कर दिया। जानते हैं क्यों, क्योंकि उस दिन जब मेरे पेट में दर्द हुआ तो माँ मुझे डॉक्टर के पास ले गई। वहीं उनको पता चला कि मैं पेट से हूँ।

उन्होंने ये सुनकर धक्के मार कर मुझे घर से निकाल दिया। जाने से पहले मैंने आपका फोटो घर की पुरानी एलबम में देख लिया था, वहीं से मैं आपको पहचान गई। घर से निकल कर मैं तो मरने के लिए जा रही थी, मगर मुझे रास्ते में किशन का सहारा मिल गया, इसीलिए मैं अब किशन से ही शादी कर रही हूँ। मैं तुम्हारे बच्चे को किशन का नाम दूँगी, मगर ये याद रखना तुम्हारी सारी जायेदाद चाहे वो यहाँ हो यां कहीं भी, वो सब मैं तुम्हारे बच्चे के नाम करवा कर रहूँगी। वो इसलिए, क्योंकि तुम तो उसे भोगने के लिए जिंदा नहीं बचोगे। यां तो तुम मारे जाओगे, यां फिर जेल में चक्की पीसते रहोगे। अब तुम ये सोच रहे होंगे कि मैं ये कैसे साबित करूंगी कि ये तुम्हारा ही बच्चा है। तुम्हें याद होगा, जब तुमको ये पता चला था कि मैं तुम्हारे भाई की बेटी हूँ और तुम्हारी बेटी समान हूँ। तब तुमने अपने आदमियों को कहा था कि मुझे वहाँ छोड़ कर आओ, जहाँ से तुम उठा कर लाए थे। तुम्हारे उन आदमियों में एक आदमी मुझे अपनी बेटी मानता था। उसने छोड़ते वक्त उसने मुझे एक पीले रंग का पर्स दिया था। उसने कहा था कि ये तुम्हारे बुरे वक्त में काम आएगी। मुझे दो महीने के बाद न्यूज से पता चला कि पुलिस की मुठभेड़ में जग्गू नाम का आदमी मारा गया। बाद में पता चल कि वो दिल्ली के जोसेफ ऐजिक नाम के गैंग का सरगना था। बाद में जब मैंने उनकी फोटो अखबार में देखा तो मैं उनको पहचान गई। तब मैंने उनका दिया हुआ पीला पर्स खोला। मैंने उसे बहुत ध्यान से देखा , मगर उस पर्स में सिर्फ एक 100 रुपए का नोट था। मगर बाकि पर्स खाली था। लेकिन मैंने वो पर्स फेंका नहीं बल्कि वो 100 रूप का नोट और वो पर्स उनकी निशानी समझ कर रख लिया। लेकिन बार बार मैं ये सोच रही थी कि आखिरकार अंकल ने मुझे वो पर्स क्यों दिया। फिर एक दिन मैंने उस पर्स को खोल कर उसकी छानबीन करनी शुरू की। मैंने उस पर्स का ऑपरेशन किया और उसे उधेड़ दिया। उसे खोलते हुए मैं सोच रही थी कि आखिर कार अंकल ने मुझे 100 रुपए ही क्यों दिए? देना होता तो वो मुझे 10 - 20 हजार

रुपए भी दे सकते थे। मैंने यही सोचते सोचते उस पर्स क पूरा उधेड़ दिया कि शायद इस में कोई क्लू मिल जाए, मगर ऐसा नहीं हुआ, उस पर्स में से मुझे कुछ प्राप्त नहीं हुआ तो मेरा पूरा ध्यान उस 100 रूप के नोट पर गया, उस नोट का नंबर मुझे एक फोन नंबर जैसा लगा। मैंने ट्राइ करने के लिए उसे डायल किया, तो उस नंबर पर बेल चली गई। उधर से एक आदमी बोला

आदमी: हैलो, हैलो, कौन बोल रहा है?

एक बार तो वो आवाज़ सुनकर मैं डर गई , लेकिन दुसरे ही क्षण मुझे वो आवाज़ कुछ जानी पहचानी सी लगी। मैंने पूछा कि आप कौन बोल रहे हैं, तो उसने मेरे बारे में पूछा। मैंने कहा कि मैं तो कविता बोल रही हूँ, मगर आप कौन। वो बोल मैं जग्गू अंकल बोल रहा हूँ। ये बात सुनकर मेरे होश उड़ गए, क्योंकि जग्गू अंकल तो मर चुके थे। मैं डर गई और मैंने फोन काट दिया। अभी मैं उस फोन के बारे में सोच ही रही थी कि मेरे फोन पर उसी नंबर से काल आ गया।

कविता: हैलो, आप कौन?

जग्गू: बेटी फोन मत काटना, मैं जग्गू बोल रहा हूँ?

कविता: लेकिन, आप ज़िंदा कैसे हैं, आप तो मर चुके थे?

जग्गू: आपको किसने कहा कि मैं मर चुका था?

कविता: अरे मैंने खुद न्यूज़ पेपर में पढ़ा था कि आपका पुलिस ने इन्काउनर कर दिया है।

जग्गू: नहीं वो मैं नहीं था। जिस विक्की का इन्काउनर हुआ, वो मेरी शक्ल जैसा था। मैंने उस बात का पूरा फायदा उठाया। मैं ये धंधा

छोड़ना चाहता था, मगर मैं ये जानता था कि ये लोग मुझे छोड़ेंगे नहीं देंगे। मैंने इसी बात का फायदा उठाया, और इस काले कारनामे को छोड़ने का निर्णय कर लिया। देखो बेटी, इस बारे में कोई कुछ नहीं जानता था। लेकिन तुमको मेरी कोई जरूरत आन पड़े, तो मुझे याद करना।

कविता: शुक्र है, आप जिंदा हैं। अगर आप वकीय में ही जग्गू अंकल हैं, तो आपको याद होगा कि आपने मुझे पर्स दिया था और कहा था कि वो मेरे बुरे वक्त में काम आएगा। मगर उस पर्स में से कुछ तो निकला नहीं।

जग्गू: ये कैसे हो सकता है, उस पर्स में एक 100 रुपए का नोट था, उस पर मेरा नंबर था।

कविता: ठीक है अंकल, अब मुझे यकिन हो गया है। लेकिन आप मुझको उस पर्स का रहस्य बता दीजिए।

जग्गू: ठीक है, तो अब मेरी बात ध्यान से सुनो। आपको उस नोट को हाथ में लेना है और अपने हाथ को गीला कर के उसके कौनों से धीरे धीरे बीच में से दो टुकड़े कर लेना। ऐसा करने से आधा प्रिन्ट एक तरफ हो जाएगा, और दूसरा दूसरी तरफ। उस दोनों के बीच में से एक Memory चिप निकलेगी। वो एक औडियो चिप है। इसको निकाल कर लैपटॉप पर लगा कर देखना, तुम्हें सब कुछ पता चल जाएगा।

कविता: बस तो चाचा जी। आपके सब कारनामों का प्रूफ है हमारे पास, और इस बात का भी कि ये बच्चा आप का ही है। मैं ये बात कोर्ट में अब साबित कर दूँगी और आपकी सारी जायेदाद का मालिक, मेरा और आपका बेटा ही होगा। शादी पर परिवार सहित जरूर पधारिए। आपकी अपनी, कविता।

खत पढ़ने के बाद शालीमार के सामने साब कुछ साफ हो गया। वो सोचने लगा कि अब तो शादी पर जाना ही पड़ेगा।

फिर वो दिन आ गया, जब कविता और किशन की शादी थी। पूरा हाल लोगों से भरा हुआ था। दूल्हा और दुल्हन दोनों ने एक दूसरे के गले में हार डाले और उसके बाद शादी की बाकि रस्में भी अच्छे से हो गई। उधर शालीमार भी अपने आदमियों के साथ शादी में शरीक होने पहुँच गया। उसके साथ कुछ लड़कियाँ भी आई हुई थी, जो उसी के लिए काम भी किया करती थी। उधर कमली के दो फोटोग्राफर, फोटो और विडिओ बना रहे थे। कमली ने खुद को बुरखे से ढका हुआ था, ताकि कोई उसे पहचान ना सके। लेकिन वो शालीमार और उसके आदमियों पर बराबर नज़र बनाए हुए थी।

कविता ने जब शालीमार को देखा तो किशन के साथ उसके सामने गई और उन दोनों ने शालीमार के पैर छुए। शालीमार ने दोनों हाथों से दोनों को आशीर्वाद दिया, उन दोनों को शगुन का लिफाफा दिया और वहाँ से चला गया। ये सब कुछ कमली के विडिओ ग्राफर्स ने अपने कैमरे में रिकार्ड कर लिया था। पार्टी लगभग रात के 1 बजे तक चली, उसके बाद सभी मेहमान अपने अपने घर की ओर रवाना हो गए।

कविता: किशन, क्या हुआ कमली दीदी, क्यों नहीं आई? मैंने तो उन्हे नहीं देखा।

किशन: नहीं ऐसा नहीं हो सकता। वो जरूर आई होंगी, मगर वो शालीमार को धोखा देने के लिए किसी और भेस में होंगी।

अभी वो दोनों बात कर ही रहे थे कि बुरखे में एक औरत उनके पास आ कर खड़ी हो गई।

किशन: जी आप कौन? आपको किससे मिलना है?

कविता: मोहतरमा आप यहाँ अपना नकाब हटा सकती हैं, यहाँ हमारे सिवा और कोई नहीं है। अरे दीदी आप, वाह मान गए, आपने तो शालीमार को खूब छकाया।

कमली: क्या करें यार, हमारा तो हर मिशन इसी तरह से खतरनाक ही होता है। आज तो उसके गुर्गों और शालीमार के कई सीक्रिट पता चल गए। मैं बहुत से लोगों को पहचानती भी हूँ, मगर ये चीनी लड़कियाँ और उनके साथ जो लोग थे, वो मेरे लिए भी नए थे, पता नहीं वो लोग कौन थे? इसका मतलब शालीमार का कारोबार इंडिया के बाहर भी फैला हुआ है।

कविता: मगर, दीदी, आपने उनको पहचाना कैसे?

कमली: तू सही कह रही है, इन लड़कियों को पहचानना आसान नहीं होता। नेपाल, चीन और आसाम की लड़कियों में कुछ ज्यादा फर्क नहीं होता, सब एक जैसी ही दिखती हैं। सिर्फ उनकी भाषा से पता चलता है, कि वो कहाँ की हैं। खैर, उन सबकि बातें हमारे विडिओ में कैद हो चुकी हैं, कुछ तो मैं समझ गई हूँ, मगर कुछ को कल मैं ट्रांसलेटर से हिन्दी में कन्वर्ट करवा लूँगी। तब पता चलेगा कि आखिरकार इनके दिमाग में क्या चल रहा था।

फिर कुछ दिन यूँ ही बीत गए। सब अपने अपने कामों में व्यस्त हो गए और वहाँ शालीमार ने भी पूरी योजना बना ली थी कि वो अपने वारिस को इस दुनिया में नहीं आने देगा। एक दिन कमली, कविता और किशन अपने घर में बैठ कर बातें कर रहे थे कि आखिरकार इस समस्या का अंत कैसे किया जाए। उधर शालीमार ये सोच रहा था कि आखिरकार कविता ने उसे अपनी शादी पर क्यों बुलाया। वो जानता था कि हो ना हो इसके पीछे कोई साजिश है, जो उसे वहाँ बुलाया गया है। वो ये भी सोच रहा था कि ये सब अकेली कविता नहीं कर सकती,

क्योंकि वो इतनी शातिर नहीं है। फिर कौन है जो उसकी मदद कर रहा हो सकता है? यही सोचते हुए उसने अपनी एक चीनी लड़की को अपने पास बुलाया और बोला

शालीमार: अरे सुन डार्लिंग, एक काम कर, जिस लड़की की शादी पर हम सब गए थे, वहाँ के बैंगक्विट के आस पास जीतने भी लेडिज डॉक्टर के क्लिनिक हैं, वहाँ अपनी लड़कियाँ लगा दे। उस लड़की को तुम सब पहचानते भी हो, तो उस पर नज़र रखनी है।

चीनी लड़की: यस बॉस। मैंने उसकी फोटो भी ली थी अपने मोबाईल से।

शालीमार: वेरी गुड।

चीनी लड़की: मैं समझ गई बॉस, काम हो जाएगा। जैसे ही हम उसको देखेंगे, उसको वहीं खलास कर देंगे।

शालीमार: तुम चीनी लोग, अपना छोटा सा दिमाग मत चलाया करो। वैसा ही करो जैसा मैं कह रहा हूँ। पहले जा कर पता करो कि वो किस दिन डॉक्टर से चेक करवाने आती है।

चीकू नेपाली लड़की: बॉस, आप अगर कहो, तो मैं कुछ कहना चाहती हूँ।

शालीमार: हाँ बोलो, क्या कहना चाहती हो?

चीकू नेपाली लड़की: बॉस, एक दिन मेरे पेट में दर्द था और मैं वहाँ के एक क्लिनिक में गई थी, तो वहाँ से पता चला था कि वो लोग बच्चे वाली लड़कियों को सिर्फ शुक्रवार को ही बुलाते हैं। उसी दिन बड़ी डॉक्टर आ कर सब को चेक करती है।

शालीमार: अरे वाह नेपाली, तू तो सही खबर निकाल कर लाई है। तो तय रहा कि अब ये काम चीकू की देख रेख में ही होगा। चीकू, तू तो कराटे में ब्लैक बेल्ट होल्डर है। तू समझ गई ना तुझे क्या करना है?

चीकू: यस बॉस। एक ही झटके में बच्चा खलास मगर लड़की सही सलामत। आप चिंता मत कीजिए, हो जाएगा।

चीनी लड़की अपनी सभी लड़कियों के साथ उस इलाके के सभी क्लिनिक पर अपनी नज़र लगाए बैठी थी। उधर कविता के घर

कविता: किशन, आज आप ऑफिस कितने बजे जाओगे?

किशन: क्यों, क्या हुआ, आप कुछ खास बात है?

कविता: नहीं, मुझे बस आज अपना चेक-उप करवाने जाना है।

किशन: ओके, लेकिन कौन से क्लिनिक पर जा रही हो?

कविता: शालू नर्सींग होम सबसे अच्छा है। वहीं जाने का सोच रही हूँ।

किशन: मैं तो अभी निकल रहा हूँ, तुम एक काम करो, आज तुम कमली के साथ चली जाओ। बस अकेली मत जाना।

कविता: अरे नहीं। दीदी, कल रात को बहुत लेट आई थी, और अभी सो रही है। आप मुझे बस वहाँ ड्रॉप कर देना, वापसी में मैं वहाँ से टैक्सी में आ जाऊँगी।

किश्न: फिर ठीक है, चलो।

कुछ देर के बाद कविता उस क्लिनिक में पहुँच गई। क्लिनिक में उस दिन बहुत रश था, तो वो बाहर लाइन में बेंच पर बैठ गई। उसे देख कर

चीनी और नेपाली दोनों लड़कियों की आँखों में जैसे चमक सी आ गई। दोनों, उसके बाजू में जा कर बैठ गई और उससे बातें करने लगी।

चीनी: अरे आपको क्या हुआ, क्या आपकी तबियात ठीक नहीं है?

कविता: नहीं, ऐसी कोई बात नहीं है, मैं तो प्रेग्नेंट हूँ, इसलिए यहाँ चेकअप करवाने के लिए आई हूँ।

चीनी: ये सब कुछ बकवास है। मुझे तो समझ नहीं आता कि लड़की अपना फिगर क्यों खराब करती है, बच्चा पैदा कर कर। ये देखो, ये मेरी फ्रेंड है। इसके पेट में भी 4 महीने का बच्चा था, मगर मैंने उसे अबॉर्ट करवा दिया। अब ये खुश है, बस एक बार अपना चेकअप करवाने आई है।

कविता: मगर, इसमें उस बच्चे के क्या दोष है, उसने तो इस दुनिया का उजाला भी नहीं देखा!

नेपाली: अरे बच्चा होते ही, हमारी खुद की आजादी छिन जाती है, ये मत करो वो मत करो। मेरी बात मानो, तुम भी ये बच्चा गिरवा ही दो। देखो, जब कोई बच्चा नहीं होगा, तो हम अपनी मर्जी के लड़कों के साथ घूम सकेंगे, ऐश कर सकेंगे, और खूब मजे और पैसें कमा सकेंगे।

चीनी: चलो, जाओ तुम्हारा नंबर आ गया।

कविता थोड़ी देर के बाद वहाँ से अपना चेकअप करवा कर बाहर आई, तो चीनी लड़की उसका इंतजार कर रही थी।

चीनी: आइए, हमारे साथ, हम आपको आपके घर छोड़ देते हैं। हमारे पास कार है।

तभी पीछे से कमली आई और बोली

कमली: वो हमारे पास भी है।

चीनी: ये कौन?

कविता: जी ये हमारे ही ब्लॉक में रहती हैं, हमारी फ्रेंड हैं।

नेपाली: अच्छा, कौन से ब्लॉक और कौन सी बिल्डिंग में रहते हैं आप, हो सकता है, हम भी वहीं कहीं आस पास ही रहते हूँ?

कमली समझ गई कि जरूर दाल में कुछ काला है। वो तुरंत बोली

कमली: जी हम लोग जहांगीर बिल्डिंग में रहते हैं। कभी फुरसत हो तो आप लोग जरूर आएगा।

चीनी: अरे नेकी और पूछ पूछ। हम अभी आपके साथ चलते हैं।

कमली: हम जरूर आपके साथ चलते, मगर अभी हमको कहीं और जाना हैं। हमको घर वापिस पहुँचने में 1 घंटे से ऊपर लग जाएगा। ओके बाय, अब हम चलते हैं।

चीनी: लगता है आज तो ये चिड़िया अपने जाल में नहीं फंसी।

चीकू: हाँ, मगर जाते हुए अपने पर काट गई, अब देखते हैं कि बिना परों के कब तक उड़ेगी।

चीनी: मतलब?

चीकू: मतलब ये कि वो अपना पता बता गई है। अब हम उसको डायरेक्ट उसी के पते पर ही मिलेंगे। इससे पहले के वो अपने घर पहुँचे,

हम वहाँ पहुँच कर इनका इंतजार करेंगे। एक बार उसका बच्चा खलास कर दिया तो सब सेट हो जाएगा। बॉस हमको खूब पैसा देगा।

चीनी: मगर तू करेगी कैसे?

चीकू: अपने कराटे, कब काम आएंगे? एक साइड किक पेट में पड़ेगी, बच्चा बाहर, लड़की सीधा अस्पताल, और अपना काम खत्म। चल अब वहीं चल कर इनका इंतजार करते हैं।

वहाँ कमली और कविता अपने घर पहुँच गए।

कविता: दीदी, आपको कैसे पता चल कि मैं वहाँ उस अस्पताल में हूँ? जब मैं गई तब आप सो रही थी।

कमली: अच्छा ये बता कि तेरा फोन कहाँ हैं?

कविता: अरे हाँ, मेरा फोन तो लगता है कहीं खो गया है।

कमली: अरे नहीं, तू उसे घर भूल गई थी। तेरे जाने के कुछ देर के बाद किशन भैया का फोन आया। उस फोन की आवाज़ से मेरी नींद टूट गई। जब मैंने फोन पर किशन भैया से बात की तो उन्होंने मुझे तेरे बारे में बताया। वो तेरी लिए परेशान हो रहे थे, तो मैंने ही उन्हे कहा था कि मैं तुझे जा कर ले आती हूँ, सो मैं तेरे पास पहुँच गई। मगर ये बता कि वो चीनी और नेपाली लड़कियाँ कौन थी?

कविता: पता नहीं दीदी, मगर यूँ ही मेरे साथ चेप हो रही थी। वो तो मुझे इस बच्चे को भी गिराने के लिए कह रही थी। मगर, आपने भी उनको खूब चकमा दिया, अब वो आपके बताए हुए गलत अड्रेस पर हमको ढूंढ रही होंगी।

कमली: अरे तू बहुत भोली है रे। हम शालीमार को अच्छी तरह से जानते हैं, इसीलिए हम ताड़ गए थे। ये दोनों लड़कियाँ तुम्हारी शादी में भी मोजूद थी। ये जो चीनी वाली है ना, ये तुम पर नज़र रखे हुए थी। हो ना हो, ये दोनों उसके गैंग की हैं, वो क्या नाम है उसका, हाँ ऐजिक, जो दिल्ली का बड़ा डॉन है और शालीमार का बाप भी है। वो साला तो तड़ीपार है और दिल्ली में वांटेड हैं। मुझे लगता है ये दोनों उसी के गैंग की हैं, मगर अभी ये शालीमार के लिए काम कर रही हैं।

कविता: मगर ये दोनों ऐसा क्यों कर रही थी?

कमली: अरे पगली, ताकि शालीमार तुझे अपने रास्ते से हटा सके?

कविता: मगर, वो मुझे अपने रास्ते से हटा कर क्या करेगा? हम तो पहले ही उसके रास्ते से हट चुके हैं।

कमली: अरे मेरी भोली बहन, तूने जो चिट्ठी भेजी थी ना कार्ड के साथ, कि तू अपने बच्चे को उसका हक दिलवा कर रहेगी, उसके लिए। अब समझी! अरे वो तेरे बच्चे को मरवाना चाहता है, इसीलिए तो उसने कराटे जानने वाली लड़कियों को तेरे पीछे लगाया था। वो तो अच्छा हुआ मैं आ गई, वरना वो तुझे कहीं अकेली जगह ले जाकर दो चार लात तेरे पेट में मार देती, तो तेरा बच्चा वहीं मर जाता।

कमली की ये बात सुनकर कविता डर गई और कमली के गले लग कर बोली

कविता: मैं उस साले को गोली मार दूँगी। मैं उसे छोड़ूँगी नहीं।

कमली: अरे पगली, हमको उसे मारना नहीं है, बल्कि ऐसे हालत पैदा करने हैं, कि वो खुद को ही गोली मारने के लिए उतावला हो जाए और उसके सारे गैंग का भांडा फूट जाए। तू चिंता मत कर, मैं उसका इलाज

करूंगी, बस तू कभी अकेले बाहर मत जाना, जब तक तेरा बच्चा नहीं हो जाता।

उधर शालीमार अपने दांत पीस कर रह गया। फिर इसी तरह से 1 महिना बीत गया। एक दिन शालीमार को एक फोन आया।

शालीमार: हैलो, कौन?

फोन पर: सारे बुल डॉग, हमको नहीं पहचाना?

शालीमार: पहचान लिया, मैं अपने दुश्मन को कभी भूलता नहीं हूँ। ये बता कि बैंगलुरु के कौन से गाँव में छुप कर बैठी है तू?

कमली: अबे साले, खरगोश, मुझे तुझ से छुपने की कोई जरूरत नहीं है। साले, मैं तो तेरे दिल्ली के कुतुबमीनार के पास कमरा नंबर 23 से बोल रही हूँ, अगर हिम्मत है, तो आ कर पकड़ ले। रही बात तेरी, तो जिसे तू मारना चाहता था, वो तेरा वारिस, वो तो पैदा हो चुका है, और 15 दिन का भी हो गया है।

शालीमार: ये सब तू कैसे जानती है? तेरा कविता के साथ क्या संबंध है?

कमली: वो तू जानने की कोशिश मत कर। तू बस अपनी जान बचा सकता है तो बचा ले, क्योंकि अब तेरा बचना ना मुनकिन है। हाँ, मैं तुझे एक मौका दे सकती हूँ। अगर तू अपने आप को और अपने पूरे गैंग को झारखंड पुलिस को सौंप देता है तो हो सकता है कि तुझ पर दफा 302 के बजाए 307 लग जाए। आज से तेरी उलटी गिनती शुरू हो गई है। अपने दिन गिन। रही बात मेरी तो हम अपनी जान की परवाह नहीं करते। हो सके तो तू खुद को बचा ले।

शालीमार: तू मेरी छोड़, तू अपने लिए कोई दलाल ढूंढ ले, वो तेरा सौदा सही जगह करवा देगा। तू मुझे मार नहीं सकती।

कमली: लगता है तू भी किसी दलाल की ही औलाद है, क्योंकि तेरी माँ ने भी अपने लिए कोई दलाल किया होगा, तुझे इस धरती पर लाने के लिए। रही बात साले तुझे मारने कि तो वो मैं कब की कर चुकी होती, जब हम मुरथल में मिले थे। मगर, तू अभी और जिंदा रहेगा।

शालीमार: साली मैं तेरा खून पी जाऊँगा।

शालीमार इतना गुस्से में आ गया कि उसने अपना फोन सामने दीवार पर दे मारा और अपने सभी गुर्गों को इकठा किया और उन पर चिल्ला कर बोल पड़ा

शालीमार: साली, हरामखोरों, तुम से एक लड़की नहीं पकड़ी जाती, साली झारखंड वाली ने नाक में दम करके रखा है।

एक गुर्गा: मगर बॉस, वो तो बेंगलुरू चली गई थी, फिर आपको तंग कैसे कर सकती है?

शालीमार: भैंस की पुंछ गई थी वो बेंगलुरू। वो साली यहीं है दिल्ली में और हमारी एक एक हरकत पर उसकी नज़र है। साली हमारे हर राज़ को जानती है। कहती है कि वो इस समय महरोली में कहीं है। मगर मैं जानता हूँ, कि वो साली झूठ बोल रही है। तुम लोग दिल्ली के कौने कौने में अपने सारे आदमियों को तैनात कर दो। मुझे वो लड़की एक हफ्ते में मेरे सामने चाहिए। जिंदा यां मुर्दा। लेकिन सिर्फ एक हफ्ते में। मैं अन्डवर्ल्ड डॉन को भी इस बात की खबर कर देता हूँ। तू सब जाओ और अपने अपने काम में लग जाओ।

शालीमार के आदमियों ने दिल्ली के हर कौने में उसको तलाशना शुरू कर दिया। वो हर एक फ्लैट पर अपनी नज़र गड़ाये हुए थे। एक बार उन्होंने एक फ्लैट से एक बुरखे वाली लड़की को पकड़ लिया और उसे नकाब हटाने के लिए कहा। इस पर वो भड़क गई और उसने उन्हे पीटना शुरू कर दिया। मगर जब शालीमार के आदमियों ने ये कहा कि वो लोग स्पेशल स्टाफ से हैं, तो उसने अपना नकाब हटा दिया। नकाब में एक अधेड़ उम्र की औरत निकली, तो उन्होंने उस को सॉरी कहा और वहाँ से जाने लगे तो उस बुढ़िया ने ज़ोर ज़ोर से चिल्लाना शुरू कर दिया। सबने मिलकर उनको पकड़ लिए और उनकी धुलाई शुरू कर दी। कमली भी ये सब एक बुरखे की आड़ से देख रही थी। वो शालीमार के गुर्गों को पहचान गई और समझ गई कि ये सब उसी की तलाश में निकले हुए हैं।

उधर शालीमार ने ऐजिक को अपनी कोठी पर बुलाया। ऐजिक अपनी काले शीशों वाली मार्क पर आया, क्योंकि दिल्ली की पुलिस के लिए तो वो तड़ीपार था।

ऐजिक: अरे शालीमार, मुझे ऐसे क्यों बुलाया, तू तो जानता है कि सारे शहर की पुलिस मेरे पीछे लगी हुई है, ऐसा भी क्या हो गया, जो तूने मुझे यहाँ बुलाया है?

शालीमार: मुझे मालूम है, लेकिन बात ही इतनी इम्पॉर्टन्ट थी कि मुझे तुझे बुलाना पड़ा। तुझे याद है, मैंने तुझे एक झारखंड वाली लड़की के बारे में बताया था?

ऐजिक: हाँ याद है, तो अब उसका क्या? उसे तूने ठिकाने लगाया या नहीं।

शालीमार: अरे यार वही तो रफड़ा है, साली बहुत शातिर है। उसने मुझे धमकी दी है कि वो मुझे और मेरे सभी साथियों का इन्काउटर करवा देगी, अगर मैंने सरेन्डर नहीं किया तो, और तो और, वो लड़की कविता, जिसको मैंने अपनी रखेल बना कर रखा हुआ था, वो भी अब उसके कब्जे में है।

ऐजिक: हाँ तो इसमें क्या है। दोनों को एक साथ ठिकाने पर लगा दो। खेल खत्म।

शालीमार: यार, ये इतना आसान नहीं है, वो साली बहुत चालक लोमड़ी है। वो इतनी आसानी से हमारे जाल में आने वाली नहीं है, हालांकि मैंने उसके लिए पूरी फील्डिंग लगा रखी है, मगर वो हमेशा हमको चकमा दे कर निकल जाती है।

ऐजिक: अरे तो जाने दे, वो हमारे लिए कैसा खतरा पैदा कर सकती है?

शालीमार: वो तो ठीक है, मगर असली खतरा तो वो कविता है, जिसने अभी अभी एक बच्चे को जन्म दिया है। दरअसल, वो बच्चा मेरा है और वो कहती है कि वो उसे मेरी पूरी जायेदाद का वारिस बना कर छोड़ेगी। वो बच्चा जब तक उसके पास है, वो हर हालत में ये प्रूफ कर देगी कि वो मेरी ही औलाद है।

ऐजिक: इसका मतलब वो लड़की अकेली नहीं है, बल्कि उसके साथ पूरा गैंग है। अब तो इस लड़की को रास्ते से हटाना ही पड़ेगा।

शालीमार: हाँ, तुम सही कह रहे हो।

तभी शालीमार के फोन की घंटी बजी और वो चौंक गया। उसने ऐजिक को इशारे में कहा कि ये फोन कमली का ही है।

शालीमारः हैलो, कौन?

कमलीः साले, कुत्ते, मेरी अवाज नहीं पहचानता क्या?

शालीमारः जानता हूँ, कि तू कुतिया ही बोल रही है। अगर माँ का दूध पिया है, तो एक बार आमने सामने आ कर दिखा।

कमलीः वो छोड़, मैंने सुना है, तेरे कुत्ते मुझे जगह जगह तलाश कर रहे हैं। अभी एक घंटे पहले ही वो किसी बुरखे वाली अधेड़ उम्र की महिला से पिटे हैं। तुझे क्या लगा मैं तुझसे छुपकर बुरखे में रहूँगी। अबे तू भूल गया है, तू मेरे पीछे नहीं है, बल्कि मैं तेरे पीछे हूँ। अब मेरी बात को गौर से सुन कुत्ते, जिस ऐजिक को तूने अपने घर पर बुलाया है, उसे कह कि अगले 15 मिनट में वहाँ से रफूचक्कर हो जाए, नहीं तो पुलिस के हाथों आज तेरे ही घर में पकड़ा जाएगा। समझा चल, बाय।

शालीमारः ओए तेरी, साली ने फिर से फोन काट दिया।

ऐजिकः अबे वो है कहाँ, जहाँ भी है वही उसका इन्काउटर करवा देते हैं।

ऐजिक की बात सुनकर शालीमार ज़ोर ज़ोर से हसने लगा तो ऐजिक ने पूछा

ऐजिकः अबे क्या हो गया तुझे, यूँ पागलों की तरह हंस क्यों रहा है?

शालीमारः मैंने कहा था ना, वो एक चालाक लोमड़ी है। साली को हमारे बारे में सब पता है। उसे तो ये तक पता है कि तू इस वक्त मेरे साथ बैठ हुआ है। उसको तो हमारी हर हरकत का पता चल रहा है। हो ना हो, ये पुलिस से तो पक्का मिली हुई है। वो तेरे बारे में कह रही थी कि अगर तू यहाँ से अगले 15 मिनट में नहीं निकला तो आज मेरे घर पर ही पुलिस के हाथों पकड़ा जाएगा और तेरी तो जमानत भी नहीं हो सकती,

क्योंकि तू तड़ीपार है।

ऐजिक: अबे ऐसे कैसे पकड़ लेंगे मुझे, मैं अभी के अभी डी सी पी को फोन लगता हूँ। साली को तो मैं देख लूँगा।

ऐजिक ने डी सी पी को फोन लगाया

ऐजिक: हैलो, मैं ऐजिक बोल रहा हूँ।

डी सी पी: हाँ बोलो, क्या हुआ?

ऐजिक: मुझे अभी अभी खबर मिली है कि मैं अभी 15 मिनट में गिरफ्तार होने वाला हूँ?

डी सी पी: नहीं, ऐसी तो कोई खबर नहीं है। मगर तू बोल कहाँ से रहा है?

ऐजिक ने तुरंत फोन काट दिया

शालीमार: क्या हुआ, क्या कहा डी सी पी ने?

ऐजिक: ऐसी कोई बात नहीं है कि मैं अभी के अभी पकड़ा जा सकता हूँ। खैर, मैं अभी यहाँ से निकलता हूँ और अपने कुछ खास सरकारी कुत्ते उस लड़की के पीछे छोड़ देता हूँ। देखता हूँ, साली और कितने दिन तक छुपेगी।

शालीमार: ठीक है ऐजिक। मगर, मेरी समझ में एक बात नहीं आ रही है कि ये इतना बड़ा इलाका है। इस इलाके में मेरी कोठी कौन सी है, ये बात तो आज तक पुलिस को भी पता नहीं है। ये बात मेरे सिर्फ कुछ खास आदमियों को ही मालूम है, फिर पता नहीं ये साली को कैसे पता चल जाता है? चल मैं तुझे एक गुप्त रास्ते से लेकर चलता हूँ। इसके

बाद तुझे भी पता नहीं चलेगा तू कौन से घर से बाहर निकला है।

ऐजिक: अरे ये क्या ये तो एक अलमारी है? इसमें जायेंगे क्या?

शालीमार: हाँ, इसे से जायेंगे, इसके नीचे एक 20 सीडी का रास्ता है। चलो, अरे हाँ पीछे मत देखना, क्योंकि वहाँ से वापिस जाने का कोई रास्ता नहीं है। ये ले हम पहुँच गए गाड़ी के पास।

ऐजिक की काली मार्क के पास एक लाल पगड़ी वाला सरदार ऐजिक के ड्राइवर से बात कर रहा था।

सरदार: ओ पाजी, मैं भी ड्राइवर ही हूँ, मगर आज कल मेरे पास कोई काम नहीं है। तू अपने मालक से बात करके मुझे भी वहाँ लगवा दे, तेरी बड़ी मेहरबानी।

ड्राइवर: ठीक है सरदार जी, देखता हूँ। अभी आप जाओ, मेरे मालिक आ गए।

सरदार: ठीक है जी ससरियाकाल।

ड्राइवर: हाँ हाँ, अभी आप जाओ।

सरदार: अरे चले जायेंगे, सेठजी। हम तो वैसे भी इंग्लैंड रिटर्न हैं।

ड्राइवर: अच्छा, वहाँ क्या काम करते थे?

सरदार: वहाँ तो हम प्राइवेट जासूस थे। हम तो बंदे की शक्ल देखकर पहचान जाते हैं कि वो बंदा कैसा है?

तभी वहाँ ऐजिक आ गया और उसने सरदार की बात सुनकर कहा

ऐजिक: वाह काके, फिर ते मेरी शक्ल देख कर तू समझ गया होगा कि मैं कौन हूँ?

सरदार: ओ बिल्कुल जी। मैं तान दूरों ही तुवाड़ी शक्ल देख कर पहचान गया सी कि तुवानू किसी कुड़ी ने बड़ा परेशान कित्ता हुआ है? क्यों है के नहीं?

ऐजिक: अरे वाह सरदार जी, तुसी से बड़े काम दी चीज़ हो, तुसी साडे नाल चलो, मैं आपको काम देता हूँ। चलो आ जाओ हमारे साथ गाड़ी में, बाकि की बात वहीं बैठ कर करेंगे।

सरदार: हाँ, हाँ जी क्यों नहीं, चलो।

दोनों गाड़ी की पिछली सीट पर जा कर बैठ गए। थोड़ी दूर जाते ही ऐजिक ने सरदार की कनपटी पर बंदूक लगा दी और बोला

ऐजिक: अबे साले तू है कौन, और तुझे यहाँ किसने भेजा है? तू मेरी जासूसी कर रहा था, जल्दी बता वरना आज यहीं तेरा ससरियाकाल हो जाएगा।

सरदार: ओए बादशाओ, एना गुस्सा ना करो, एसी हुने दस देने हाँ। पहले इस खिलौने को तो हटाओ।

ऐजिक: अच्छा जी, तू मेरी बंदूक को खिलौना बता रहा है?

सरदार: ओ आहों। वो इसलिए कि आपके कारतूस मेरे पास हैं, तो खाली बंदूक तो खिलौना ही हुई ना?

ऐजिक: मगर तूने ऐसा किया कैसे?

सरदार: मालकों, ओ दरअसल मैं आपके ड्राइवर के साथ बात कर रहा था। थोड़ी देर के बाद उसको बाथरूम आ गया। उसके जाने के बाद मैंने गाड़ी के डैश्बोर्ड में बंदूक देखि। मैं समझ गया कि दाल में कुछ काला है, सो मैंने उसके कारतूस निकल लिए। रही बात लड़की की तो वो मुझे आपके ड्राइवर से ही पता चली थी। अब मैं जाऊँ जी, अब तो आपको सब कुछ पता चल गया है।

ऐजिक ने सोचा कि सरदार बंदा काम का है। उसने सरदार से कहा

ऐजिक: हाँ जा सकते हो, मगर, क्या तुम मेरे लिए एक काम कर सकते हो? मैं तुमको उस काम की मुहँ माँगी रकम दूँगा।

सरदार: किसी का मर्डर करना है क्या?

ऐजिक: वो बाद की बात है, अगर काम बिना खून खराबे के हो जाए, तो क्या बुरा है?

सरदार: हाँ जी वो भी ठीक है, बोलो क्या करना है?

ऐजिक: जैसा कि तुम जानते हो, कि हमको एक लड़की की तलाश है। क्या तू उसको हमारे लिए पकड़ सकता है?

सरदार: आपके पास फोटो है उसकी?

ऐजिक: हाँ ये रही।

सरदार: अरे इसे तो मैं अच्छी तरह से जानता हूँ, मगर ये इतनी आसानी से हाथ आने वाली नहीं है, बहुत उलटी खोपड़ी है ये। आज सुबह ही तो मैंने इसे देखा है। ये एक मुस्लिम लड़की है और हमेशा बुरखे में रहती है, आज इसने दो आदमियों को पिटने से बचाया है। उस

दो आदमियों ने किसी बूढ़ी मुस्लिम महिला का बुरखा उतरवाया था।

ऐजिक: देखो सरदार जी, पैसे की चिंता मत करो, मुझे बस ये लड़की चाहिए।

सरदार: देखो साहब जी, आपके आदमी इतने दिनों से लगे हुए है, मगर वो इसको पकड़ नहीं पाए। मैं आपसे सिर्फ 4 दिन का टाइम माँग रहा हूँ और इसके लिए मैं आपसे 5 लाख रुपए ले रहा हूँ, क्योंकि हम पाँच बंदों की टीम है। पहले मैं आपसे 2 लाख रुपए लूँगा, और बाकी के काम होने के बाद। यदि मैं आपका काम नहीं कर पाया तो आपके पैसे ब्याज समेत वापिस। यदि हाँ तो कल सुबह 10 बजे गोपी नाथ बाजार, दिल्ली कैंट एरिया में जो शो फैक्ट्री है उसके बाहर अपने ड्राइवर के साथ आ जाना। दूसरी बात ये कि आप मेरा पीछा करने की कोशिश मत करना। तूसी जानदे हो, तूसी तड़ीपार हो, तुम्हारी एक गलत हरकत और तुम दिल्ली से हमेशा के लिए बाहर हो जाओगे। अच्छा, अब मैं चलता हूँ। बाय।

ऐजिक ने अपने घर पहुँच कर शालीमार को पूरी बात बता दी।

शालीमार: यार, तू बॉस हो कर भी चकमा खा गया। तूने उसे जाने क्यों दिया, उसके कान पर बंदूक लगा देता और मुझे बुला लेता।

ऐजिक: मैंने वही किया था, मगर वो हमारा बाप निकला, उसने पहले ही मेरे ड्राइवर को सेट करके सारी बात पूछ ली थी और मौका देखा कर मेरी बंदूक की सारी गोलियां में निकल कर रख ली थी। खैर, कल मैं उसे 2 लाख रुपए दे दूँगा, और वो जैसा कहेगा, वैसा कर लूँगा। एक बार वो लड़की कमली अपने हाथ में आ गई तो फिर उसको और सरदार दोनों को देख लेंगे।

शालीमार: मगर वो उस लड़की को कैसे जानता था?

ऐजिक: अबे जब तेरे दो गुर्गे, कमली को ढूँढने के चक्कर में उस बुढ़िया का नकाब उतार रहे थे, तब ये वहीं था। इसने मुझे बताया कि तब एक बुरखे वाली लड़की ने उनको पिटने से बचा कर उनको वहाँ से भागा दिया था। तभी उसका नकाब थोड़ी देर के लिए हट गया था, और उसने उसका चेहरा देख लिया था।

शालीमार: अगर ये बात है तो फिर तो समझ लो कि काम बन गया। कल तेरे साथ मेरे आदमी भी रहेंगे और मैं भी। देख लेंगे साले को।

ऐजिक: नहीं, उसने खास इस बात के लिए मना किया है। उसने कहा है कि कोई मेरे साथ नहीं आएगा, नहीं तो वो मेरे बारे में पुलिस को खबर दे देगा।

शालीमार: फिर ठीक है, जैसा भी हो तू मुझे बता देना।

अगले दिन सुबह ठीक 10 बजे ऐजिक अपने ड्राइवर के साथ बाटा शू कंपनी के बाहर पहुँच गया। वहाँ आ कर उसके ड्राइवर ने सरदार जी को फोन किया

ड्राइवर: सरदार जी, हम पहुँच गए हैं, आप कहाँ हो?

सरदार: हाँ, मैंने देख लिया है। जहाँ हो वहीं रहो, मैं थोड़ी देर में आपके पास पहुंचता हूँ।

थोड़ी देर में सरदार जी उनके पास आ गए और गाड़ी में बैठ गए।

सरदार: हाँ जी बोलो

ऐजिक: ये लो सरदार जी, आपकी रकम और बताओ कि अब क्या करना है, बाकि के पैसे कब लोगे ?

सरदारः जी हम आपका काम एक हाथ से करंगे और दूसरे हाथ पैसे ले लेंगे। आप अभी यहाँ से चलो और मैं जहाँ कहूँ वहाँ गाड़ी लगा देना।

थोड़ी दूर जाने के बाद

सरदारः हाँ, बस यही से गाड़ी मोड़ लो।

ड्राइवरः मगर ये तो पार्किंग है?

सरदारः जैसा कह रहा हूँ, वैसे करो, वरना हाथ आई हुई चिड़िया उड़ जाएगी। अब अपनी गाड़ी यही छोड़ दो और मेरे साथ मेरी गाड़ी में चलो, जल्दी, वहाँ मेरे बंदे इंतजार कर रहे हैं।

थोड़ी देर के बाद

ऐजिकः अरे सरदार जी, आपकी गाड़ी बड़ी अजीब है। पीछे वाली सीट से बाहर क्या हो रहा है, पता ही नहीं चल सकता, ये कैसे काले शीशे हैं, आपकी कार के?

सरदारः बाहर, छोड़ो, यहाँ तो आगे वाले को भी पता नहीं चल सकता कि पीछे क्या हो रहा है।

सरदार जी ने अपनी कार एक बड़े से गोडाउन में लगा दी और पीछे से वो गेट अपने आप बंद हो गया।

सरदारः चलो जल्दी चलो मेरे साथ। आओ इस कमरे में।

ये एक रसोई है, जहाँ सब कुछ फ्रिज में रखा हुआ है। आप लोग कुछ घंटे यहीं इंतजार करो, जो खाना पीना हो खा पी लो। मैं बस कुछ ही देर में उसे लेकर आया। उसके बाद मैं आपको और उसको आपकी कार तक छोड़ दूँगा। बस मेरा काम वही खत्म हो जाएगा। आगे आप जानो

और वो लड़की।

बातों ही बातों में सरदार जी ने ऐजिक से उसका फोन और बंदूक दोनों ले लिए और बाहर आ गया। बाहर आ कर उसने झारखंड के कमिशनर को फोन कर दिया।

कमिशनर: बोलो बेटी, अपना मिशन कहाँ तक पहुँचा?

कमली: सर अपना मिशन तो कामयाब ही समझिए। मैंने शालीमार के बॉस का भी पता लगा लिया है जो कि दिल्ली पुलिस में वांटेड है और तड़ीपार भी है। वैसे उसके कनेक्शन यहाँ के डी सी पी के साथ भी हैं और वो भी इनसे मिला हुआ है। हालांकि मैंने दिल्ली पुलिस के एक एस एच ओ को अपने साथ मिला रखा है और वो समय समय पर मेरी मदद भी करता है, मगर मुझे उस पर विश्वास नहीं है। वो जानता है कि मैं झारखंड के लिए सी आई डी में भी काम करती हूँ, मगर पता नहीं मैं उसपर ज्यादा विश्वास नहीं कर पाती। इसलिए मैं आपको ये खबर दे रही हूँ कि हमारे मिशन चार्ली सीपी02 के अंतर्गत, शालीमार का असली बॉस, और दिल्ली का सबसे बड़ा वांटेड मुजरिम ऐजिक इस वक्त मेरे कब्जे में है।

एक और बड़ी खबर ये है कि उसे केवल नाम के लिए वांटेड और तड़ीपार किया गया है। असल में दिल्ली पुलिस ऐजिक और शालीमार के जरिए चरस, अफीम, गाँजा और सभी प्रकार के ड्रग्स का धंधा इन दोनों के माध्यम से चलाती है। इसके साथ साथ सभी अवेध काम इनके जरिए पुलिस करवाती है और सब में उसका अपना मुनाफा होता ही।

कमिश्नर: बेटी, तुमने तो बहुत ही बड़ा काम किया है। मगर तुम सावधान रहना, ये लोग कुछ भी कर सकते हैं।

कमली: सर, आप जितना जल्दी हो सके, झारखंड पुलिस की आला टीम को भेज दीजिए। मेरे पास सिर्फ दो दिन का समय है। मैं इस सब का एक साथ भांडा फोड़ना चाहती हूँ। ताकि मैं एक ही बार में सब को खत्म कर सकूँ और इस बात कि खबर मैं मीडिया को भी दे सकूँ। उस सब के लिए मेरे पास एक प्लान है।

कमिश्नर: प्लान क्या है? वो तो बताओ?

कमली: नहीं सर, आप तो जानते ही हैं कि दीवारों के भी कान होते हैं। मैं नहीं चाहती कि मेरा प्लान फेल हो जाए।

कमिश्नर: ठीक है, कितनी फोर्स चाहिए?

कमली: फिलहाल, आप सिर्फ 25 ब्लैक कैट कमांडो को भेज दीजिए। मगर, याद रखिए, जब वो आ जाएं और अपनी पज़िशन ले लें, तभी आप यहाँ के कमिश्नर को बताना।

कमिश्नर: ठीक है, मैं 25 कमांडो की एक टुकड़ी को यहाँ से एक स्पेशल प्लान में रवाना करता हूँ। वो 4 घंटे में दिल्ली पहुँच जायेंगे। वो सब सिवल ड्रेस में होंगे, बाकि तुम देख लेना।

कमली: ठीक है सर, उन सबके ठहरने के लिए मैं महरोली में एक होटल बुक कर देती हूँ। उस होटल का नाम है होटल गुलमार्ग। आप उनको वहीं भेज दीजिए, बाकि इंतजाम मैं देख लूँगी।

फिर ठीक 4 घंटों के बाद कमली को एक फोन आया

कमली: यस?

आदमी: मैडम, हम सब होटल पहुँच गए हैं। आप आ जाइए।

कमली: ठीक है, मैं बस 10 मिनट में आपके पास पहुँच रही हूँ।

कमली अक्सर अलग अलग भेस बदल कर घूमती रहती थी। हुलिया बदलने के साथ साथ वो अपना नाम और भाषा दोनों बदल लेती थी। कमली 10 मिनट के बजाए 5 मिनट में ही होटल पहुँच गई। जैसे ही कमली होटल के उस हाल में पहुँची जहाँ 25 लोग उसका इंतजार कर रहे थे, तभी उन कमांडो के चीफ ने उसे देखते ही उसके सर पर बंदूक लगा दी और बोला

चीफ: हैन्डअप, जरा से भी हीले तो गोली मार दूँगा। कौन हो तुम और यहाँ क्या कर रहे हो?

कमली: अरे सर आपने मुझे पहचाना नहीं, मैं कमली हूँ। मैंने ही आप सबको यहाँ बुलाया था। मैंने कमिश्नर साहब को पहले ही बता दिया था कि मैं अक्सर भेस बदल कर रहती हूँ। यदि मैं ऐसे ना करती तो वो लोग मुझे कब के मार चुके होते।

चीफ: वेरी गुड कमली, यदि हम आपको नहीं पहचान पाए, तो उनका तो सवाल ही पैदा नहीं होता। ठीक है, अब आप हमको ये बताओ कि अब आगे का क्या प्लान है?

कमली: सर टाइम क्या हुआ है?

चीफ: 8 बज चुके हैं।

कमली: सर, आगे प्लान ये है कि मैंने आप सब के लिए बढ़िया खाने का इंतजाम किया हुआ है। सबसे पहले आप सब खाना खा लीजिए।

चीफ: नहीं, हम लोग खाना खा कर ही निकले थे।

कमली: अरे सर, मैंने आप सबके लिए इंतजाम कर रखा है, मैं बस अभी 5 मिनट में आई। मैनेजर साहब, खाने का क्या हुआ?

मैनेजर: मैडम, बस 10 मिनट में आप लोग हाल में आ जाइए, सब रेडी है। सोडा, रूम, बीयर।

कमली: चीफ सर, आप लोग मेरे साथ हाल में चलिए, खाना रेडी है।

हाल में पहुँच कर

चीफ: अरे मैडम, आपने तो पूरी दावत का इंतजाम कर रखा है।

कमली: अरे सर, ये तो कुछ भी नहीं है। आप लीजिए ना।

चीफ: हाँ, आप भी लीजिए।

कमली: जी मैं ड्रिंक तो नहीं करती हाँ, खाना जरूर ले लूँगी।

थोड़ी देर के बाद

चीफ: मैडम, जब तक हमारे जवान खाना खा रहे हैं, तब तक हम चल कर आगे के प्लान पर काम शुरू कर देते हैं।

कमली: जी जरूर, मगर यहाँ नहीं। आइए, आप हमारे कमरे में चलिए, वहीं बैठ कर बात करते हैं।

फोन पर कमिश्नर

कमिश्नर: वैसे एक बात है, आपने कमाल कर दिया कमली बेटा। मैंने दिल्ली के कमिश्नर से बात करके उसे सब कुछ बता दिया है। उसने ग्रीन सिग्नल दे दिया है। आप अपने प्लान को पूरा कर सकते हो। बस

एक बार, पुलिस स्टेशन जा कर सारी सूचना उनको दे देना। आपने वो किया है, जो आज तक झारखंड और अन्य राज्यों की पुलिस नहीं कर सकी। सब जानते थे कि शालीमार ही सारे कांडों का करता धरता है, मगर कोई उसे ढूंढ नहीं पाया। ये श्रेय आप जैसी एक बहादुर आदिवासी लड़की के नाम ही लिखा था। आपने तो अपने कबीले का नाम भी रोशन कर दिया है। वैसे आपने ऐसा किया कैसे?

कमली: सर, मैं तो हमेशा से ही अपने देश के लिए कुछ करना चाहती थी। मुझे तो ऐसे लोगों से सख्त नफरत है जो ड्रग्स और जिस्म का व्यापार करते हैं। दूसरा कारण मेरा खुद का निजी था। मैं अपने बाप के कातिल को अंजाम तक पहुँचाना चाहती थी। दरससल, ये सब ही असली *दिल्ली के शातिर लुटेरे* हैं। यहाँ आ कर सब शातिर लुटेरे बन जाते हैं। मैं तो झारखंड पुलिस के साथ मिलकर अपने बाप के कत्ल की चश्मदीद गवाह बन गई थी, लेकिन उन्होंने मुझे इस बिनाह पर सरकारी नौकरी दे दी। मैंने भी अपना जी जान लगा दिया, ताकि ये शातिर लुटेरों को उनके अंजाम तक पहुँचाया जा सके।

चीफ भी ये सब बात सुन रहे थे।

चीफ: हम आपकी बहादुरी और साहस की दाद देते हैं, मगर अब आप हमको अपना प्लान बताओ।

कमली: जी सर। दरअसल, इस गैंग का जो चीफ है, वो इस वक्त मेरे कब्जे में है। मैं उससे सरदार बन कर मिली थी। वो ये नहीं जान पाया कि मैं वहीं हूँ जिसकी तलाश में उसने अपने सारे आदमी पूरे शहर में फैला रखे हैं। मैं उसको उसी की गाड़ी में एक बड़ी सी पार्किंग तक ले कर आई थी। जिस पार्किंग में उसकी गाड़ी खड़ी है, वो अन्डग्रैउन्ड पार्किंग है। आपको अपने 15- 20 जवानों के साथ वहाँ तैनात रहना है। जैसे ही आपको सिग्नल मिलेगा, आप लोग अपनी कारवाही शुरू कर

देना। सिग्नल के तौर पर आपको 3 बार कार का हॉर्न सुनाई देगा। जैसे ही वो आप लोग सुने तो आप लोग धर पकड़ शुरू कर देना।

चीफ: धर पकड़? किसी की?

कमली: चीफ, मैं कमली के रूप में एक फ्लैट में जाऊँगी, जिसका रास्ता सिर्फ मैं जानती हूँ। वहाँ ऐजिक, जो कि शालीमार का बॉस है, मेरा इंतजार बड़ी बेसब्री से कर रहा है।

चीफ: मैं समझा नहीं?

कमली: जी मैंने सरदार बन कर उससे वादा किया था कि मैं कमली को उसके पास ले कर आऊँगा।

चीफ: तो फिर सरदार कैसे आएगा?

कमली: उसकी चिंता आप मत कीजिए, मैं दोनों किरदार निभाने के लिए पूरी तरह से तैयार हूँ। बस जब वो मुझे यानि कि कमली को देखेगा, तो वो शालीमार को जरूर बुलाएगा। मैं किसी तरह से उसे पार्किंग लॉट में ले आऊँगी, उसके बाद आपका काम, यानि धर पकड़ का काम शुरू होगा। मगर ध्यान रहे, वो बहुत शातिर इंसान है। वो ऐसे ही नहीं आएगा, बल्कि पूरी तैयारी के साथ आएगा। समझ गए सर।

चीफ: हम्म, प्लान तो ठीक है, मगर मेरी चिंता यही है कि कहीं वो तुम्हारे साथ कुछ गलत ना कर दें। वो लोग बहुत खतरनाक हैं, और तुम्हारे साथ कोई बैकअप भी नहीं है!

कमली: आप उस बात की चिंता मत कीजिए, चलिए सर, अपना काम शुरू करते हैं।

कुछ ही देर में सभी कमांडो ने पार्किंग को घेर लिया। थोड़ी ही देर में कमली भी उस फ्लैट तक पहुँच गई, जहाँ ऐजिक और उसका ड्राइवर बंद थे। उस फ्लैट की चाबी सिर्फ कमली के पास थी। जैसे ही कमली ने कमरे में कदम रखा तो ऐजिक उसको देख कर जैसे चौंक सा गया

कमली: ओह, तो तुम हो यहाँ। साला, वो सरदार मुझे चकमा दे गया।

ऐजिक ज़ोर ज़ोर से हसने लगा और बोला

ऐजिक: अब आया ना ऊँट पहाड़ के नीचे। अब मज़ा आएगा। अब देखता हूँ।

कमली: साले, हरामी, कितने में सौदा किया मेरा, वो सरदार एक बार मिल जाए, साले को जान से मार दूँगी।

ऐजिक: सौदा, सौदा तो अब होगा, एक बार उस सरदार जी को तो आने दे।

कमली: वो भी आ जाएगा, कमली दूसरे कमरे में गई और रूप बदल कर आ गई।

उसे देखकर ऐजिक बोला

ऐजिक: अच्छा जी, हमसे चालकी, हम दुनिया को चलाते हैं, तुम दो दो रूप दिखा कर हमको पागल बना रही हो?

कमली: पागल तो तू अब होगा। तेरी भलाई इसी में है कि तू खुद को मेरे हवाले कर दे। एक गलत कदम, और तेरा खेल खत्म। तू बुरी तरह से फंस चुका है। चल अब जल्दी से अपने बाप को फोन लगा। उसको बोल कि एक खुशखबरी है, सरदार ने कमली को तेरे हवाले कर दिया

है। तू बस जल्दी से 3 लाख रुपए लेकर सादर बाजार के बैस्मन्ट पार्किंग में जल्दी से आ जा।

कमली के कहने पर ऐजिक ने शालीमार को फोन किया।

शालीमार: ओए, क्या बात कर रहा है? क्या तूने कमली को अपनी आँखों से देखा है?

इतना सुनते ही कमली ने ऐजिक के हाथ से फोन छीन लिया और फोन पर बोली

कमली: साले हरामी, आखिरकार, तूने मुझे अपने जाल में धोखे से फंसा ही लिया।

शालीमार: चल साली अब बकवास बंद कर और फोन ऐजिक को दे।

ऐजिक: हाँ बोल शालीमार। तू बस जल्दी से पैसे ले कर आ जा, वरना ये सरदार लड़की को नहीं छोड़ेगा। वैसे अगर तू कहे तो मैं दोनों को यहीं ढेर कर दूँ?

शालीमार: नहीं, बिल्कुल नहीं। ये बहुत काम की चीज़ है। अभी तो मुझे इसके जरिए कविता तक पहुँचना है और उसके बाद इसके पूरे गैंग को खत्म करना है। तुझे क्या लगता है, ये साली अकेली है। नहीं। तू बस रुक मैं अभी आया।

जैसे ही फोन कटा तो कमली ने झट से ऐजिक से फोन खींच लिया और उसे पार्किंग लॉट में ले आई और उसे खुला छोड़ दिया। कमांडो ने उसे हर तरफ से अपनी बंदूकों के निशाने पर रख लिया और शालीमार का इंतजार करने लगे।

थोड़ी देर के बाद शालीमार अपनी अपनी पूरी सेना के साथ उसे पार्किंग लॉट में आ गया । उसने देखा कि ऐजिक एक कार में बैठा है। उसे देख कर शालीमार खुश हो गया और उसे पास जा कर बोला

शालीमार: अरे वाह, ऐजिक, आज क्या खबर सुनाई है तूने। कहाँ है वो कमली, कहाँ छुपा रखा है तूने उसे। अबे तू बोल क्यों नहीं रहा, तेरे चेहरे का रंग क्यूँ उड़ा हुआ है।

अभी शालीमार ये सब कह ही रहा था कि तभी कमली उस कार की पिछली सीट से बाहर निकली और शालीमार के सर पर बंदूक तानकर बोली

कमली: ये रही मैं, जिसका तुझे कब से इंतजार था, और ये रहा तू, मेरे बाप का कातिल। कितनी मज़े की बात है, हम दोनों को एक दूसरे की ही तलाश थी जो आज समाप्त हो गई। ना ना ना, ये हरकत करने की कोशिश मत करना, वरना आज तेरा भेजा उड़ाते हुए मुझे एक मिनट भी नहीं लगेगा। इसलिए जो मैं कह रही हूँ वो कर। सबसे पहले इस कार का हॉर्न 3 बार बजा। अबे सुना नहीं क्या, वरना तेरा हॉर्न कहीं ओर से बजेगा। चल जल्दी। चल रुक ये शुभ काम मैं अपने हाथों से ही कर देती हूँ।

फिर जैसे ही कमली ने हॉर्न बजाया। अचानक जैसे उस पार्किंग में तेजी से हलचल शुरू हो गई। शालीमार और ऐजिक के गुर्गों को मौका ही नहीं मिल। इससे पहले की वो कुछ समझ पाते, कमांडो ने उन सबको चारों ओर से घेर लिया। ऐजिक और शालीमार समेत उनके 40 गुर्गों को पकड़ लिया। उनसे सारा असला बरामद कर लिया गया। उनके सारे अड्डों पर रात भर छापा मारी चलती रही। उनसे भारी मात्रा में ड्रग्स, लड़कियाँ, सोना, चांदी आदि सब बरामद कर लिया गया। ऐजिक के देश भर में चल रहे जुए के अड्डों पर छापा मारा गया और वहाँ से भी

सब अवेध चीजों को बरामद कर के दिल्ली के कमिश्नर को एक बड़ी कामयाबी की रिपोर्ट सौंप दी गई।

उसके बाद सभी मुजरिमों को झारखंड ले जाया गया। वहाँ शालीमार पर केस चला। कमली की गवाही पर शालीमार और जोसफ ऐजिक को इंडियन पीनल कोर्ट के तहत दोनों को उम्र कैद की सजा सुनाई गई और उनकी हर एक प्रॉपर्टी को जप्त कर लिया गया। कुछ 6 महीने के बाद सभी मुजरिमों को दिल्ली की तिहाड़ जेल में लाया गया। उधर कविता ने भी शालीमार पर अपने पुत्र की जायदाद का हक लेने के लिए केस ठोक दिया। कुछ ही पेशियों में ये साबित हो गया कि कविता का पुत्र गोपाल शालीमार का ही पुत्र है, अतः उसकी जायज़ जायेदाद पर उसका हक साबित हो गया। अंत में शालीमार ने वो सब कविता के पुत्र गोपाल के नाम कर दिया। फिर कुछ सालों में कमली की भी शादी हो गई। मगर उसने पुलिस के लिए काम करना नहीं छोड़ा, और अपनी मेहनत और अपने जाँबाज कारनामों से एक वो डी आई जी के पद पर आसीन हो गई।

---------------------------- समाप्त ----------------------------

क्रम-सूची

www.ingramcontent.com/pod-product-compliance
Lightning Source LLC
LaVergne TN
LVHW101946220826

846093LV00006B/123

* 9 7 9 8 8 8 5 6 9 0 5 4 6 *